슌킨 이야기
春琴抄

KB109326

다니자키 준이치로
박연정 외 옮김

슌킨 이야기

春琴抄

65세 무렵의 다니자키 준이치로(1951)

차례

1

순킨(春琴), 본명은 모즈야 고토(鵙屋琴).

오사카 도쇼마치(道修町)의 약재상 집안에서 태어나 메이지(明治) 19년(1886) 10월 14일에 생을 마감하였다. 묘지는 시내 시타데라마치(下寺町) 어느 정토종 절에 있다. 얼마전 그 길을 지나다가 문득 성묘를 하고 싶은 마음에 잠시 들러 안내를 부탁하였다.

"모즈야 가문 묘역은 이쪽입니다."

절에서 일하는 남자가 본당 뒤쪽으로 안내해 주었다. 도착해 보니 울창한 동백나무 그늘에 모즈야 가문의 묘지가 나란히 있었다. 그러나 순킨의 묘지는 눈에 띄지 않았다.

"옛날에 모즈야 가문 따님 중에 이러이러한 분이 있었을 텐데 혹시 그 묘는……?"

이렇게 질문을 던졌더니 남자는 잠시 생각에 잠겼다가 대답하였다.

"그 묘라면 저쪽에 있습니다만, 찾는 분이 맞을지는 모르겠습니다.”

동쪽에 가파르게 경사진 높은 계단 위로 안내해 주었다. 이곳 시타데라마치 동쪽 뒤편은 이쿠타마(生国玉) 신사가 자리 잡은 높은 고지내였다. 그가 안내한 가파른 언덕은 경내에서 바로 그 고지대로 이어지는 비탈길이었는데, 오사카에서는 보기 드물게 수목이 우거져 있었고 슌킨의 묘지는 그 비탈길 중턱을 깎아 놓은 아담한 공터에 자리하고 있었다. 묘비 앞면에는 ‘광예춘금혜조선정니(光誉春琴恵照禅定尼)’라는 법명이, 뒷면에는 ‘속명 모즈야 고토, 호 슌킨, 메이지 19년 10월 14일 사망, 향년 58세’, 그 옆면에는 ‘제자 누쿠이 사스케(温井佐助) 세움’이라고 새겨져 있었다. 슌킨은 평생 모즈야라는 성을 고집했지만, 사실상 제자인 검교(検校)[1] 사스케와는 부부나 다름없이 지냈기에 모즈야 가문의 묘지와는 동떨어진 곳에 따로 무덤을 만든 것은 아니었을까?

“모즈야 가문은 이미 몰락해서 최근에는 어쩌다 문중 사람만 찾아올 뿐, 그나마도 이 묘를 찾는 경우는 거의 없어서 일가 분을 모신 곳이라고는 생각조차 못 했죠.”

“그러면 이분의 연고는 없습니까?”

“아니요. 그럴 리가요. 일흔쯤 되셨을까, 하기노차야(萩ノ茶屋)에 사시는 어느 노부인이 일 년에 한두 번 정도 찾아오십니다. 그분께서는 이곳을 성묘하신 후에, 이쪽에 작은 무덤 보이시죠?”

남자는 왼편에 있는 또 다른 묘를 가리키면서 말을 이

---

1 남자 맹인에게 부여되는 최고의 관직명.

었다.

"그 노부인은 이 무덤에도 향을 피우십니다. 관리비도 그분께서 내어 주시지요."

그가 알려 준 묘비 앞에 가 보니 크기는 슌킨 것의 반 남짓했다. 앞면에는 '진예금대정도신사(真誉琴台正道信士)'라는 법명이, 뒷면에는 '속명 누쿠이 사스케, 호 긴다이, 모즈야 슌킨의 제자, 메이지 40년(1907) 10월 14일 사망, 향년 83세'라고 새겨져 있었다. 다름 아닌 검교 사스케의 무덤이었다. 사스케의 무덤이 슌킨의 것보다 작고 그 묘비에 제자라는 점을 기록한 사실은 죽어서도 스승과 제자의 예를 지키겠다는 검교의 뜻을 기린 것이었다. 하기노차야의 노부인이라는 인물은 이 글 후반에도 등장하기에 여기에서는 설명하지 않겠다.

그때 마침 석양이 새빨갛게 묘비를 물들였고 나는 그 언덕 위에 우두커니 선 채 발아래로 펼쳐진 대도시 오사카의 경관을 바라보았다. 오사카의 항구가 나니와즈(難波津)라 불렸던 그 옛날부터 존재했을 이곳 고지대는 서쪽을 향해 덴노지(天王寺)까지 이어져 있었다. 지금은 매연으로 혹사당해 생기가 사라진 나뭇잎과 풀잎, 말라 버린 거목에는 먼지가 쌓여 살풍경한 분위기를 자아내고 있었다. 묘지를 썼을 당시에는 수풀이 더욱 울창했을 터였고 지금도 시내에 있는 묘지 중에는 가장 한적하고 전망이 좋은 장소였다. 얄궂은 인연으로 얽힌 스승과 제자는, 저녁 안개 속에 수없이 많은 빌딩이 높이 솟은 동양 제일의 공업 도시를 내려다보며 영원히 이곳에 잠들어 있다. 현재의 오사카는 사스케가 살던 지난날의 모습이라고는 흔적조차 찾아볼 수 없을 만큼 변해 버렸다. 하지만 이 두 묘비만은 지금도 여전히 깊은 사제의 인연을 전해 주는 듯했다.

원래 사스케의 집안은 일련종(日蓮宗)이었기에 그를 세외한 일가의 무덤은 고향인 고슈(江州)의 히노초(日野町) 어느 일련종 사찰에 있다. 사스케가 조상 대대로 내려오는 일련종을 버리고 정토종으로 개종한 것은 죽어서도 슌킨의 곁을 떠나지 않겠다는 결의의 표현이었다. 그는 슌킨 생전에 이미 두 사람의 법명과 두 묘비의 위치, 간격까지도 정해 두었다고 한다. 눈대중으로 보니 슌킨의 비석 높이는 6척 남짓, 사스케는 4척이 채 안 되어 보였다. 두 비석은 낮은 돌 제단 위에 나란히 있었는데, 슌킨 무덤 오른쪽의 소나무 한 그루가 푸르른 가지를 마치 지붕처럼 묘비 위로 드리웠고, 가지 끝이 닿지 않는 왼쪽에서 한 걸음 떨어진 곳에 사스케의 무덤이 자리 잡고 있었다. 흡사 주인을 황송하게 받들어 모시는 것처럼 보이는 그 광경을 보고 있노라니 생전에 사스케가 충실하게 스승 슌킨을 그림자처럼 따라다니면서 수행했던 때를 그리워하며 묘비 속에 영혼으로 남아 지금도 여전히 행복을 만끽하고 있는 것만 같았다. 슌킨의 묘지 앞에 무릎을 꿇고 공손하게 예를 올린 후, 사스케의 묘비에 잠시 손을 얹고 부드럽게 어루만졌다. 그러고는 도심 저편으로 석양이 내려앉을 때까지 사색에 잠겨 언덕을 거닐었다.

2

슌킨을 알게 된 단서는 최근에 입수한『모즈야 슌킨전
(鵙屋春琴伝)』이라는 소책자를 통해서였다. 닥나무로 만든
일본 종이에 4호 활자로 인쇄된 이 책은 서른 장 남짓이었
는데, 슌킨의 3주기에 제자 사스케가 누군가에게 부탁해서
전기를 쓰게 한 후 지인들에게 나누어 주었던 것으로 짐작
된다. 내용은 문어체로 서술되어 있고 사스케도 삼인칭으로
표현되어 있지만, 그 자료는 사스케가 주었을 것이며 실제
로 책을 쓴 사람 역시 사스케 본인이라고 봐도 무방할 터다.
그 책에서는 다음과 같이 기록하고 있다.

슌킨의 집안은 모즈야 야스자에몬(安左衛門)이라 불렸으며
오사카 도쇼마치에서 슌킨의 부친까지 7대째 대대로 약재상을
운영하였다. 어머니 시게는 교토 후야초(麩屋町)의 아토베(跡
部) 집안에서 태어나 야스자에몬에게 시집와서 슬하에 2남 4녀
를 두었다. 슌킨은 둘째 딸로 분세이(文政) 12년(1829) 5월 24

일에 태어났다.

또 다음과 같이 전하고 있다.

어릴 적부터 총명했던 슌킨은 용모도 단아하고 수려하여 그 고상함을 견줄 자가 없었다. 네 살 때부터 춤을 배웠는데 자세나 동작을 스스로 깨우치니 손을 내밀고 당기는 품새의 우아함과 요염함은 무희조차 당해 내지 못할 정도였다. 이에 그 스승도 연신 혀를 내두르며 "아아, 이렇게 뛰어난 재능과 소질을 타고 났으니, 온 천하에 명성을 떨치고도 남을 텐데 양갓집 규수로 태어난 것을 행복이라 할지 불행이라 할지……"라고 중얼거렸다고 한다. 또한 일찍부터 글을 익힘에 있어서 그 속도가 지극히 빨라 두 오빠마저 능히 앞질렀다.

이런 내용의 책자가 마치 슌킨을 신처럼 우러러보았던 검교로부터 나왔다고 하니 얼마나 믿어야 할지 알 수 없지만, 그녀의 타고난 용모가 '단아하고 수려'했음은 여러 사실에서 확인되었다. 그 시절에는 전반적으로 여성의 키가 작았다고는 하지만 슌킨은 150센티미터가 채 안 되고 얼굴과 손발이 유달리 작아서 극도로 정교했다고 한다. 그녀가 서른일곱 때 찍었다는 사진을 보면 선이 아름다운 계란형 얼굴에 작은 손가락으로 하나하나 집어 올려놓은 듯, 후우 하고 불면 날아갈 것 같은 가냘픈 선의 눈과 코가 오밀조밀 자리 잡고 있었다. 1860년대 무렵의 사진이다 보니 아무래도 먼 기억처럼 흐릿해지고 군데군데 색이 바래져 있기에 그렇게 보일지도 모른다. 그 흐릿한 사진에는 오사카의 부유한 집 부인들에게 드러나는 기품과 아름다움이 담겨 있지만 이렇다 할 뚜렷한 개성은 없었고 그 인상도 희박한 느낌마저 들었다. 어찌 보면 서른일곱 같기도 하고 스물일곱 혹은 여덟처럼도 보였다. 슌킨이 두 눈을 잃고 나서 이십여 년이 지난 후의 사진이지만 맹인이라기보다는 마치 눈을 꼭 감고 있는 것처럼 보였다.

예전에 일본의 시인이자 소설가인 사토 하루오(佐藤春夫)가 말하기를 귀머거리는 우인(愚人)처럼 보이고 맹인은 현인(賢者)처럼 보인다고 했다. 왜냐하면 귀머거리는 다른 사람의 말을 들으려고 눈썹을 찡그리며 눈과 입을 벌리고 고개를 갸웃거리거나 멍하니 위를 올려다봐서 어딘지 얼빠진 것처럼 보이는데, 맹인은 단정하게 앉아 조용히 고개를 숙이고 생각에 잠긴 듯하니 자못 깊은 사색에 빠진 것처럼 보인다는 것이다. 과연 부처와 보살의 눈, '자안시중생'[2]을 일반적으로 적용할 수 있을지는 모르겠으나 '자안'이라 하면 반쯤 감은 눈을 의미하니 그 모습에 익숙한 우리로서는 감은 눈에서 자비와 자애로움을 느끼며 때로는 두려움마저 품는 것이 아닐까? 그렇기 때문에 슌킨의 감긴 두 눈을 보면 너무나 아름다운 여인이어서인지, 관세음보살의 그림을 배알하는 것처럼 아련한 자비를 느끼는 것이다. 들리는 바에 의하면 슌킨이 생전에 남긴 사진은 이 한 장이 유일하다고 한다. 그녀가 어렸을 때만 해도 사진 기술이 보급되지 않

---

2 慈眼視衆生: 부처가 자비의 눈으로 살아 있는 모든 생물을 본다는 의미.

앉고, 또 사진을 찍던 그 해에 우연히 사고가 나서 이후로는 결코 사진을 찍지 않았던 것이다. 결국 우리는 이 흐릿한 한 장의 사진으로만 그녀의 모습을 상상할 뿐이다. 이 글을 읽는 이는 앞의 설명을 보고서 어떤 느낌의 얼굴을 떠올릴까? 아마도 그 마음속에는 전부 다 채워지지 않는 흐릿한 모습만이 연상될 것이다. 하지만 실제로 사진을 본다 하더라도 그 이상 또렷하게 알아볼 수는 없다. 어쩌면 사진은 상상하는 것보다 훨씬 더 흐릿할지도 모른다. 추측건대 그녀가 이 사진을 찍던 그해, 즉 순킨이 서른일곱이 되던 해에 사스케도 맹인이 되었으니 그가 이 세상에서 마지막으로 본 그녀의 모습은 사진과 흡사했을 것이다. 그렇다면 만년의 사스케의 기억 속에 존재하는 순킨의 모습도 이 사진처럼 흐릿하지 않았을까? 갈수록 흐려져 가는 기억을 상상으로 메워나가면서 사진과는 전혀 다른 또 하나의 고귀한 여인을 만들어 낸 것은 아닐까?

3

이어서 『순킨전』에는 이렇게 전한다.

그래서 부모들도 손안의 고귀한 보석처럼 다섯 형제들보
다 오로지 순킨만을 끔찍이 사랑하였다. 그러나 불행히도 순킨
은 아홉 살 때 눈병에 걸렸고 얼마 지나지 않아 결국 두 눈의 시
력을 완전히 잃어버리게 되니 부모들의 비탄이 이만저만이 아
니었다. 어머니는 순킨을 너무도 가여워한 나머지 하늘을 원망
하고 사람들을 증오하니 한때는 실성한 사람처럼 보였다. 이때
부터 순킨은 춤을 단념하고 오로지 칠현금[3]과 샤미센(三味線)[4]
연습에 힘쓰며 음악의 길에 뜻을 품기에 이르렀다.

---

3   '킨' 또는 '고토'로도 읽히는 한자 '琴'은 중국에서 전해진 현악기로서 칠현금이
     기본이다. 에도 시대에 한때 유행했으나 메이지 시대에 급속히 쇠퇴, 현재는
     '琴'이라고 하면 쟁(箏)을 의미하기도 한다.
4   일본의 현악기로서 세 개의 현을 발목(撥木)으로 연주하며 '삼현'이라고도 표
     현한다.

순킨의 눈병이 무엇이었는지는 명확하지 않았으며 책자에도 더 이상 기재되어 있지 않지만, 후에 사스케의 말을 빌리면 이러했다.

  "참으로 거복은 바람의 시샘을 빈다고 하더니 스승님은 다른 이보다 기량과 재능이 뛰어난 탓에 일생에 두 번씩이나 시샘을 받았다. 스승님의 불운은 온전히 그 두 번의 시련 때문이다."

  이 말로 미루어 짐작건대 그간에 어떠한 사정이 숨겨져 있는 것 같았다. 그의 말에 의하면 순킨의 눈병은 농루안(膿漏眼)이었다고도 한다. 그녀는 응석받이로 자란 탓에 버릇은 없었지만 말과 행동에 애교가 넘쳤으며, 아랫사람에게 배려심이 깊은 데다가 성격도 매우 활달하고 명랑해서 붙임성이 좋았다. 형제간에 우애도 좋아 가족들에게 사랑받았지만 막내 여동생을 돌보던 유모는 부모의 사랑을 독차지하는 순킨을 시기하여 은근히 그녀를 미워했다고 한다. 알다시피 농루안은 성병의 세균이 눈의 점막에 침범하여 생기는 병이었으니, 그 말을 한 사스케의 의도는 유모가 뭔가 수를 써서 그녀를 실명하게 했다는 사실을 은근히 내비치려 함이었다. 하지만 확실한 근거가 있어서 그렇게 판단한 것인지 사스케 혼자만의 추측인지는 분명치 않다. 어쩌면 말년에 나타난 순킨의 사나운 성격은 이런 상황에 영향을 받았을지도 모른다. 하지만 사스케는 매사에 순킨의 불행을 한탄한 나머지 은연중에 타인을 상처 입히고 저주하는 경향이 있었기 때문에, 아무래도 믿기 힘든 유모의 일화도 자신만의 억측임이 틀림없었다. 결국 『순킨전』에는 굳이 원인을 따지지 않고 단지 아홉 살 때 맹인이 된 사실만을 기록하면 그만이었으니 "이때부터 슌킨은 춤을 단념하고 오로지 칠현금과 샤미센 연습에 힘쓰며 음악의 길에 뜻을 품기에 이르렀다."라고 서술한 것이었다. 결론적으로 슌킨이 음악에 마음을 품었던 것은 실명에서 빚어진 결과였다. 평소에 그녀 스스로도 사스케에게 이렇게 넋두리를 했다고 한다.

"난 원래 춤에 타고난 재능이 있어. 내가 켜는 칠현금이나 샤미센 가락을 칭찬하는 사람은 나를 잘 몰라서 그러는 거야. 눈을 잃지만 않았더라면 난 결코 음악의 길로 가지 않았을 게야."

이 말은 어찌 보면 자신의 꿈이 아니었던 음악마저도 이처럼 뛰어났다는 스스로의 자랑으로 들린다. 이는 그녀의 교만함이 엿보이는 대목이지만 이것 역시 사스케의 과장이 보태진 것은 아닐까? 슌킨이 순간의 감정에 치우쳐 내뱉은 말을 사스케가 거룩하게 받들고 마음속에 깊이 새겨 그녀를 추앙하기 위해 더 크게 의미를 부여했던 것은 아닐까? 앞서 언급했던 노부인의 이름은 시기사와 데루(鴫沢てる)인데, 이쿠타류(生田流)[5]의 집사로서 말년에 두 사람을 가까이서 모신 이였다. 데루의 말을 빌리자면 다음과 같다.

"스승님은 어려서부터 춤에 매우 뛰어나셨습니다. 대여섯 살 때부터는 검교 슌쇼(春松)의 지도 아래 칠현금과 샤미센을 배운 후 계속 연습해 오셨습니다. 그러니 시력을 잃

---

5 17세기 말에 검교 이쿠타가 창시한 악곡의 유파로서 야마다류(山田流)와 양대 산맥을 이룬다.

으시고 나서 음악의 길로 들어서신 것은 아니옵니다. 양갓집 규수는 어려서부터 예술적인 교양을 몸에 익히는 것이 당시 관습이었지요. 열 살 되시던 해, 스승님은 그 어렵다는 「잔월(殘月)」이라는 곡을 오직 귀로만 듣고 익혀서 혼자 샤미센으로 재현하셨답니다. 그리 보면 태어나셨을 때부터 음악에도 천부적인 재능을 가지고 계셨던 것이지요. 우리같이 평범한 사람은 도저히 흉내도 낼 수 없었답니다. 다만 두 눈을 잃고 난 후에 달리 즐거움이 없으니 한층 더 깊이 음악에 몰두하여 온갖 심혈을 기울이셨던 것은 아닐까요.”

아마도 이 말이 진실에 더 가까울 것이다. 사실 슌킨의 진정한 재능은 애초부터 음악에 있었던바, 그 춤은 과연 어느 정도였을지 궁금하기도 하다.

4

숀킨이 음악의 길에 모든 것을 쏟아부었다고는 하나
생계를 걱정해야 하는 신분은 아니었기에 처음부터 음악을
생업으로 삼으려 하지는 않았을 것이다. 후에 그녀가 칠현
금의 스승으로서 문하생을 두었던 것은 또 다른 사연이 이
끈 결과일 뿐이었다. 문하생이 들어온 후에도 음악으로 생
계를 꾸린 것은 아니었다. 다달이 본가에서 보내오는 돈이
비교할 수 없을 만큼 컸기 때문이었다. 하지만 그 돈으로도
숀킨의 호사와 사치를 감당할 수는 없었다. 결국 처음에는
장래에 대한 별다른 계산 없이 단순히 좋다는 이유로 열심
히 기예를 연마했는데, 하늘이 내려 준 재능에 노력이 더해
졌으니 아마 다음의 기록은 사실일 것이다.

15세 때 숀킨의 솜씨가 일취월장하여 동료들보다 뛰어났
고 동문 제자 중 그녀에 비견될 만한 실력을 가진 이는 단 한 명
도 없었다.

데루의 말을 빌리자면 이러했다.

"스승님이 항상 자랑하시기를 검교 슌쇼는 꽤 엄격하신 분이셨지만 당신께서는 호되게 꾸중을 들은 적이 없었고 오히려 칭찬을 많이 받으셨다고 합니다. 항상 몸소 가르쳐 주시면서 어찌나 친절하고 상냥하게 지도해 주시는지 스승님을 무서워하는 이들의 마음을 진정 모르겠다고도 하셨습니다. 사정이 그러했으니 수행의 고통을 모르면서도 그 정도 경지에 오르실 수 있었던 것은 결국 천부적인 재능 덕분이겠지요."

짐작건대 아무리 엄격한 스승이라도 모즈야 가문의 귀한 규수인 슌킨을 여염집 자식처럼 혹독하게 가르칠 수는 없었기에 관대하게 대했을 것이고, 부잣집에 태어났으나 불행히도 맹인이 된 가련한 소녀를 비호하는 감정도 있었을 것이다. 그러나 무엇보다도 검교 슌쇼는 그녀의 재능을 사랑했고 거기에 푹 빠져 있었다. 그는 자식보다 슌킨을 더 걱정하여 가벼운 병으로 결석이라도 하면 도쇼마치에 곧바로 심부름꾼을 보내거나 몸소 지팡이를 짚고서라도 문병을 왔다. 평소 슌킨을 제자로 둔 것을 흡족해하며 사람들에게 자랑하거나 오래 다닌 문하생이 모인 곳에서 공공연히 "너희들은 모즈야댁 작은아씨 — 검교는 슌킨의 언니를 가르친 적이 있고 집안과도 친분이 있었기에 슌킨을 이렇게 불렀던 것이다.— 의 재주를 본받아라. 장차 이 재주 하나로 먹고살아야 하는 너희들이 배운 지 얼마 되지도 않은 양갓집 규수만도 못한 것 같아 마음이 놓이지 않는구나."라고 말하곤 했다.

또한 슌킨만 너무 감싸고돈다는 비난이 일자 검교 슌쇼

는 이렇게 말했다.

"무슨 말을 하는 게냐! 스승된 자가 가르침에 있어서 엄격하면 엄격할수록 더 큰 가르침임을 알지 못하느냐? 내가 그 아이를 나무라지 않는 것은 그만큼 내 가르침이 부족하다는 것이다. 그 아이는 천부적으로 예도의 깨달음이 빠르니 그냥 내버려 두어도 어느 정도의 경지까지는 이르게 될 것이다. 그 아이를 붙들어 놓고 본격적으로 가르친다면 장차 두려워할 만한 인물이 되어 이 길을 본업으로 삼은 너희들이 곤란해질 것이다. 제법 산다는 집안에서 태어나 세상살이에 부족함이 없는 여자아이를 혹독하게 가르치지 않고, 오히려 우둔한 녀석을 제대로 된 한 사람으로 길러 내기 위해 열의를 다하고 있는데 무슨 억측들이냐!"

5

순킨은 도쇼마치 본가에서 열 마장 남짓 떨어진 스승님 댁으로 샤미센 연습을 다닐 때마다 사환의 손에 의지해야 했다. 그 사환이 바로 사스케이며, 훗날 검교 누쿠이였다. 순킨과의 인연은 이렇게 시작된 것이다. 사스케는 전에 언급한 바 있는 고슈의 히노 출신으로, 그의 본가 역시 약방을 업으로 삼았으며 부친과 조부도 수습 시절에 모즈야 약방에서 일을 배웠다고 한다. 결국 사스케의 집안은 대대로 모즈야 가문을 섬긴 것이다. 순킨보다 네 살 많은 사스케는 열세 살 때 고용살이를 시작했는데 그때가 바로 아홉 살 된 순킨이 눈을 잃은 해였다. 사스케가 모즈야 가문으로 왔을 때 이미 순킨은 영원히 아름다운 눈을 잃은 뒤였다. 사스케는 초롱초롱한 순킨의 눈을 한 번도 보지 못했다는 사실을 평생 동안 아쉬워하지 않았고 오히려 행복하게 느꼈다. 만약 실명하지 않은 순킨의 얼굴을 보았더라면 눈을 잃고 난 그녀의 얼굴이 불완전하다고 느껴졌을 터다. 순킨의 얼굴을 처음 본 순간, 사스케에게는 그녀의 얼굴이 무엇 하나 부족함 없는 완벽함으로 다가왔다.

오늘날 오사카의 상류층은 앞다투어 저택을 교외로 옮기고 그 딸들도 야외로 나와 바람과 햇빛 속에서 스포츠를 즐기니 예전처럼 규방에만 갇혀 지내는 이는 거의 없다. 그럼에도 도시 아이들은 일반적으로 체격이 가냘프고 약한 데다가 얼굴색도 창백하다. 피부의 윤기 자체가 시골에서 자란 아이들과는 다르다. 좋게 말하면 세련되었고 나쁘게 말하면 아파 보인다. 이는 오사카만이 아닌 여느 도회지에서나 나타나는 일반적인 공통점이겠지만 도쿄에서는 여자도 까무잡잡한 낯빛을 자랑하는 터라 교토와 오사카만큼 하얗지 않다. 더구나 오사카의 뼈대 있는 가문에서 자란 이들은 남자마저도 연극에 나오는 젊은이처럼 체구가 가냘프고 섬약하다. 서른 전후에 이르러서야 얼굴에 화색이 돌고 살이 붙기 시작하여 체격이 갖춰지니 제법 신사다운 풍채를 갖추게 된다. 그 전까지는 부녀자와 다름없이 피부가 희고 의복역시 선이 곱고 섬세한 것을 즐겨 입는다. 하물며 막부 시대의 부유한 상인 집안에서 태어나 햇빛도 들지 않는 깊숙한 규방에 틀어박혀 자란 양갓집 규수의 투명하고 하얀 피부와 풋풋함, 가냘픔이란 과연 어느 정도였을까? 더구나 시골뜨기 소년 사스케의 눈에는 그 모습이 얼마나 요염하고 아름답게 보였던 것일까? 당시 슌킨의 언니가 열두 살, 여동생이 여섯 살이었는데, 갓 상경한 사스케에게는 그 자매들이 시골에서 좀처럼 보기 힘든 소녀로 보였겠지만 그중에서도 특히 맹인이었던 슌킨의 형용할 수 없는 기품에 완전히 마음을 빼앗겼다고 한다. 슌킨의 감긴 눈이 자매들의 반짝이는 눈동자보다 맑고 아름답게 느껴져서 이것이 진정한 슌킨의 얼굴이며 예전부터 이랬어야만 했다는 생각마저 들었다. 네 자매 중 슌킨의 미모가 가장 뛰어나다고 평판이 자자했지만, 아무리 그것이 사실이라 해도 그녀의 장애를 안타깝게 여긴 동정심이 어느 정도는 영향을 끼쳤을 것이다. 하지만 사스케에게는 슌킨이 아름답다는 사실이 곧 진실이었다. 후일 사스케는 슌킨에 대한 자신의 사랑이 동정이나 연민으로 비치는 것을 극도로 싫어해서 그렇게 보는 사람이 있으면 매우 불쾌해하며 이렇게 말했다.

"나는 단 한 번도 스승님의 얼굴을 보고 가엾다거나 불쌍하다고 생각한 적이 없었다. 도리어 눈이 잘 보이는 우리가 스승님보다 더 비참하다. 스승님께서 그 기상과 기량으로 무엇이 아쉬워 다른 이의 동정을 구하겠는가? 오히려 '사스케가 불쌍해.'라고 하시며 나를 가여워하셨다. 나나 너희는 눈, 코가 제대로 붙어 있는 것 말고는 무엇 하나 스승님께 미치지 못한다. 그런 우리들이야말로 장애가 있는 것이 아니겠는가!"

이 일화는 세월이 한참 흐른 후의 일이고, 처음에 사스케는 불타오르는 숭배의 마음을 가슴속 깊이 간직한 채 충실하게 슌킨을 섬기었을 것이다. 아직 사랑이라고는 깨닫지도 못했을 것이고, 설령 그렇다 해도 상대는 철없는 작은아씨인 데다 대대로 주인으로 모셔 온 집안의 따님인지라 그로서는 안내인 역할을 맡으라는 분부대로 매일 함께 길을 걸을 수 있다는 사실이 그나마 위로가 되었을 것이다. 애당초 신참 주제에 귀하디귀한 아가씨의 안내인을 맡게 된 점이 이상하기도 하지만, 처음부터 사스케가 그 일을 도맡아서 한 것은 아니었다. 하녀가 그 역할을 맡았던 적도 있었고 다른 어린 점원이나 젊은 점원 등 여러 사람이 돌아가며 그 역할을 하였다. 그러던 어느 날 "사스케가 맡아 주었으면 좋겠어."라는 슌킨의 말 한마디에 그 이후부터는 사스케의 소임으로 정해졌다. 사스케가 열네 살이 되고 난 이후의 일이었다. 더할 나위 없는 영광에 감격하면서 그는 항상 슌킨의 작은 손바닥을 자신의 손으로 감싼 채 열 마장의 길을 걸어 검교 슌쇼의 집으로 모시고 가서는 연습이 끝나기를 기다렸다가 다시 모시고 돌아왔다. 슌킨은 함께 길을 가면서도 거의 말을 걸지 않았고, 사스케도 아가씨가 말을 걸어오지 않는 한 묵묵히 있을 따름이었다. 사스케는 그저 실수하지 않으려고 온 신경을 곤두세웠다.

"작은아씨는 왜 사스케 녀석이 좋다고 말씀하셨습니까?"

슌킨에게 이렇게 묻는 자가 있었는데 그 대답은 이러했다.

"제일 얌전하고 무엇보다 쓸데없는 말을 안 해서 좋다고 했지."

앞서 이야기한 대로 슌킨은 원래 애교가 많고 대인 관계가 좋았지만 실명한 이후로는 음울해지고 신경질적으로 변해서 밝은 목소리로 말하거나 웃는 일이 적어지고 입이 무거워졌다. 그래서 사스케의 쓸데없이 수다를 떨지 않고 맡겨진 소임만을 묵묵히 수행하며 방해가 되지 않도록 신경

쓰는 점이 마음에 들었을지도 모른다. — 사스케는 그녀의 웃는 얼굴을 싫어했다고 한다. 추측건대 사스케로서는 얼이 빠진 것처럼 웃는 슌킨의 얼굴을 견디지 못했을 것이다.

6

사스케가 과묵해서 방해가 되지 않는다는 말은 과연 슌킨의 진정한 속마음이었을까? 슌킨을 향한 한결같은 사스케의 간절함이 어렴풋하게나마 그녀에게 전해져 기뻤던 것은 아닐까? 열 살짜리 소녀에게 흔한 일은 아니었지만, 명석하고 조숙한 데다가 맹인이 되어 얻은 예민한 육감이 남다르다는 점을 감안한다면 어린 마음에도 반드시 터무니없는 상상이라고 단언할 수는 없다. 자존심 강한 슌킨은 좋아하는 감정을 알아차린 후에도 쉽사리 속마음을 보이지 않았고 오랫동안 사스케를 받아들이지 않았다. 이 부분에는 여전히 약간의 의문점이 남아 있지만, 어쨌든 슌킨은 처음부터 사스케라는 존재를 염두에 두지는 않았던 것 같다. 적어도 사스케에게는 그렇게 느껴졌다. 길을 안내할 때, 사스케는 왼쪽 손바닥을 위로 향해 슌킨의 어깨 높이로 들어 올려 그녀의 오른손을 얹게 하였다. 슌킨에게 사스케의 존재는 그저 하나의 손바닥에 지나지 않아 보였다. 이따금 일을 시킬 때에도 몸짓으로 지시하거나 얼굴을 찡그려 보이며 수수께끼 같은 혼잣말을 중얼거렸고 이렇다 할 확실한 의사 표현을 하지 않았다. 하지만 사스케가 그 뜻을 알아채지 못할 때면 어김없이 그녀의 심기가 불편해졌기에 그는 슌킨의 표정이나 동작 하나 놓치지 않도록 늘 긴장해야만 했다. 마치 그가 얼마나 집중하고 있는지 시험하는 것 같았다. 귀하게 자란 슌킨은 원래 제멋대로인 데다가 맹인 특유의 심술이 더해져 잠시도 방심할 틈을 주지 않았다.

어느 날 검교 슌쇼의 집에서 연습할 순서를 기다리고 있을 때였다. 갑자기 슌킨의 모습이 보이지 않아 사스케가 놀라서 주변을 찾아보았더니 어느 틈에 측간에 가 있는 것이었다. 평소에는 말없이 혼자 나가는 슌킨을 보면 단박에 용건을 알아차리고 얼른 뒤쫓아 가서 측간 문 앞까지 모시고 가 기다리고 있다가 손 씻을 물을 부어 주었던 터였다. 그런데 오늘은 멍하니 있는 사이에 슌킨이 혼자 손으로 더듬어 찾아간 것이었다. 슌킨이 측간에서 나와 바가지를 잡으려 손을 뻗는 순간, 사스케가 앞으로 달려오며 떨리는 목소리로 말했다.

"송구합니다."

"그만 됐어!"

슌킨은 고개를 내저으며 말했다. 하지만 됐다는 그 말에 곧이곧대로 순순히 물러나면 나중에 뒷일을 감당하기가 더욱 힘들어지기에 억지로라도 바가지를 빼앗아 물을 부어 주는 게 상책이었다. 또 어느 여름날 오후의 일이었다. 연습 순서를 기다리는 슌킨의 뒤에 사스케가 무릎을 꿇어앉아 있었다.

"더워."

슌킨이 혼잣말을 하였다.

"더우시군요."

맞장구를 쳐 보았지만 아무런 대답도 없었다. 잠시 후 슌킨은 반복해 말했다.

"더워."

사스케는 그제야 눈치를 채고 마침 가지고 있던 부채로 등을 부쳐 주었다. 그대로 넘어가는 듯하더니 조금이라도 부채질이 시원찮아지면 금세 덥다는 말을 반복했다. 이처럼 슌킨은 고집도 세고 제멋대로였지만 다른 고용인들에게는 심술궂게 행동하지 않았다. 유난히 사스케를 대할 때만 그녀의 심술이 심해졌는데 원래 그런 기질이 있는 데다 사스케만이 애써 비위를 맞추려 했기에 그를 가장 편하게 생각해서 그런 극단적인 행동이 나타났던 것이다. 사스케 또한 고달프게 여기지 않고 오히려 기쁘게 받아들였는데, 필시 그녀의 유난스러운 심술을 응석으로 여기며 일종의 은총으로 생각했을 것이다.

7

검교 슌쇼가 제자를 가르치는 방은 안채 2층에 있었는데 차례가 돌아오면 사스케는 슌킨을 안내하여 사다리 모양의 계단을 올라가 검교와 마주하는 자리에 앉혀 주었다. 그리고 칠현금이나 샤미센을 그 앞에 가져다 놓고는 대기실로 내려가 연습이 끝날 때까지 기다렸다 다시 모시러 가는 것이었다. 기다리는 동안에도 방심하지 않고 촉각을 곤두세우고 있다가 곡이 끝나면 부르기도 전에 즉시 일어나 모시러 갔다. 그래서 슌킨이 배우는 음곡을 자연스레 귀에 익히게 된 것은 물론, 음악에 대한 취미 또한 길러졌던 것이다. 타고난 재능도 있었기에 훗날 제일가는 대가가 되었겠지만, 만약 슌킨을 모실 기회를 얻지 못했거나 모든 일에서 그녀를 닮고자 하는 열렬한 사랑이 없었더라면 필시 사스케는 모즈야 가문에서 독립하여 일개 약재상으로 평범하게 생을 마쳤을 것이다. 훗날 맹인이 되어 검교의 지위에 오르고 나서도 자신의 재주는 슌킨과는 견줄 수도 없으며 순전히 스승의 가르침 덕에 이 자리에 올 수 있었다고 늘 입버릇처럼 말하였다. 슌킨을 하늘처럼 떠받들며 어떻게 해서라도 자신을 낮추려 했던 사스케였기에 그 말을 있는 그대로 받아들일 수는 없겠지만, 재주의 우열은 차치하고라도 천재성을 타고난 것은 슌킨이었으니, 그 사실만으로도 사스케가 온 힘과 정성을 쏟아부은 노력가였다는 점은 틀림없었다.

사스케는 샤미센을 구입하기 위해 주인집에서 받는 일정치 않은 급여나 심부름 간 곳에서 받는 사례금을 남몰래 모으기 시작했다. 그리고 이듬해 여름에 이르러서야 간신히 변변찮은 연습용 샤미센을 손에 넣을 수 있었다. 매일 밤 지배인에게 들키지 않게 샤미센의 길쭉한 지판(指板) 부분과 몸통을 분리해서 지붕 밑 다락방으로 숨어 들어가 동기들이 모두 잠들기를 기다렸다가 홀로 연습을 거듭하였다. 하지만 애당초 가업을 이을 목적으로 모즈야 약방의 수습 점원이 된 것이기에 장래에 음악을 본업으로 삼으려는 각오도, 자신도 없었다. 단지 슌킨에게 충실한 나머지 그녀가 추구하는 것을 자신도 추구하려한 마음이 깊어진 결과였다. 음악이 슌킨의 사랑을 얻기 위한 수단이 아니었다는 사실을 그녀에게마저 완벽히 숨기려 했던 것으로 보아 틀림없었다. 사스케는 서 있으면 천장에 머리가 닿을 것 같은 낮고 좁은 방에서 대여섯 명의 수습 점원들과 함께 생활했다. 수습 점원에게는 연습을 할 때 잠을 방해하지 않겠다는 조건을 내걸었고, 비밀을 지켜 달라는 당부도 해 두었다. 자도 자도 늘 잠이 부족한 나이인지라 이불 속으로 들어가자마자 모두 곯아떨어졌기에 불평하는 사람은 없었다. 그러나 사스케는 모두가 잠든 것을 확인하고 나서야 잠자리에서 일어났고 텅 빈 벽장 안에 들어가 샤미센 연습을 했다. 다락방은 가뜩이나 찜통더위일 텐데 하물며 여름밤의 벽장 속 더위는 상상 그 이상일 것이다. 히지만 벽장 안은 소리가 밖으로 새어 나가지 않는 데다가 수습 점원의 코 고는 소리나 잠꼬대도 들리지 않아 연습하기에 제격이었다. 현을 튕기는 발목(撥木)은 쓰지 못했을 뿐만 아니라 한 줄기 불빛도 없는 캄캄한 곳에서 그저 손끝으로 현을 더듬어 가며 연습을 한 것이다. 그러나 사스케는 그 어둠을 조금도 불편하게 느끼지 않았다. 맹인은 늘 그런 어둠 속에 있고 작은아씨 또한 어둠 속에서 샤미센을 연주한다고 생각하니 같은 어둠 속에 있다는 사실이 그 무엇보다 행복했다. 정식으로 연습을 허락받은 이후에도 순킨과 똑같지 않으면 송구스럽다면서 연주를 할 때는 버릇처럼 눈을 감았다. 그런 사스케의 행동은 순킨과 똑같은 고난을 느끼거나 자유롭지 못한 맹인의 처지를 어떻게든 몸소 느껴 보려는 것 같았다. 훗날 그가 진짜 맹인이 된 것은 소년 시절부터 품었던 마음가짐이 영향을 미쳤음이니 돌이켜 보면 결코 우연은 아니었다.

8

어떤 악기라도 아주 높은 경지에 이르기까지의 어려움
이야 비슷하겠지만, 샤미센은 바이올린과 마찬가지로 현을
잡는 표시가 없는 데다가 연주할 때마다 조율을 해야 하기
때문에 일정 수준에 오른다는 것은 그리 쉬운 일이 아니었
다. 혼자 연습하기에는 제일 부적합하다 할 것이다. 더구나
악보가 없던 시대에 스승 밑에서 칠현금은 석 달, 샤미센은
삼 년이라고 할 정도였으니 말이다. 사스케는 비싼 칠현금
은 살 수도 없었거니와 무엇보다 그렇게 큰 악기를 메고 다
닐 수 있는 상황도 아니었기에 샤미센으로 시작했지만, 처
음부터 음 정도는 맞출 수 있었다. 결국 천성적으로 음을 분
별하는 감각을 타고났음을 알 수 있음은 물론, 검교의 집에
서 슌킨을 기다리는 사이에 얼마나 주의 깊게 다른 사람들의
연습을 들었는지 증명해 준다. 사스케는 가락의 구별이나
가사, 소리의 높낮이나 곡조까지 모든 것을 오직 청각의 기
억에 의지할 수밖에 없었다. 그 외에는 달리 기댈 것이 없었

다. 열다섯 살 되던 해 여름부터 시작된 연습은 약 반년 정도 이어졌지만 같은 방을 쓰는 수습 점원 이외에는 아무도 그 사실을 몰랐다. 그러던 그해 겨울에 사건 하나가 터졌다.

어느 겨울날 새벽 4시 무렵이었다. 아직 칠흑같이 어두운 암흑 속에서 모즈야의 마님, 즉 슌킨의 어머니가 측간에 가는 길에 우연히 어디선가 새어 나오는 「눈」이라는 곡조를 들었던 것이다. 옛날에는 겨울 훈련이라고 해서 한겨울 밤 동틀 무렵 야외에서 비바람을 맞으며 연습을 하는 관습이 있었다. 그러나 이곳 약방 거리는 어엿한 점포가 늘어서 있는 데다가 기예를 가르치는 스승이나 그것을 업으로 삼는 이가 사는 곳도 아니어서 연주 소리가 흘러나오는 집은 단한 채도 없었다. 게다가 살이 에이는 추운 겨울날, 한밤중에 훈련을 한다는 것은 너무 유별났다. 더군다나 겨울 훈련이라면 최대한 소리를 크게 내어 연습할 텐데 그 소리는 살그머니 손끝으로 연주하는 느낌이 들었다. 한 부분이 완벽해질 때까지 계속 반복해서 연습하는 소리에 저절로 그 모습이 상상되었다. 모즈야 마님은 의아해하면서도 당시에는 그다지 개의치 않고 그냥 잠들었지만, 그 후 밤중에 일어날 때마다 두세 번 그 가락을 듣게 되었다.

"그러고 보니 저도 들었어요. 어디서 연주하는 걸까요? 어느 축제에서 흘러나오는 노랫가락 소리도 아닌 거 같은데요."

이렇게 말하는 사람도 있어서 점원들이 모르는 사이에 안채에서는 화제가 되고 있었다. 사스케가 연습을 시작했던 여름 이후에도 계속 벽장 안에서 연습을 했다면 들키지 않

34

았을 것이다. 하지만 아무도 눈치채지 못하자 스스로도 대담해진 데다가 무엇보다도 졸음이 가장 큰 문제였다. 다소 빠듯한 업무에 쫓기면서도 잠자는 시간을 쪼개 가며 틈틈이 연습했기 때문에 점차 잠이 부족해졌고, 약간이라도 따뜻한 곳이다 싶으면 어느새 졸음이 쏟아졌다. 그래서 가을이 끝나 갈 무렵부터는 밤마다 몰래 빨래 너는 곳에 나가 샤미센을 튕겼다. 매일 밤 10시가 되면 사스케는 점원들과 같이 잠자리에 들었다가 새벽 3시 정도에 일어나 샤미센을 끌어안고 빨래 너는 곳으로 나오는 것이었다. 차가운 밤공기를 쐬며 홀로 연습을 반복하다가 어렴풋이 동쪽 하늘이 밝아 오기 시작하면 잠자리로 돌아갔다. 모즈야의 마님이 들었던 소리가 바로 그것이었다. 사스케가 연습했던 곳은 가게 옥상이었기에 바로 밑에서 잠자는 점원들보다는 안뜰 너머 안채에서 덧문을 열면 가장 먼저 그 소리가 들렸을 터다. 안채에서 주의를 주자 모든 점원은 조사를 받았고 결국 사스케의 소행임이 밝혀졌다. 당연히 총책임자에게 끌려가 꾸중을 듣고 앞으로는 연주를 금지한다며 샤미센을 몰수당할 것이 뻔했다. 그런데 이때 뜻밖의 곳에서 구원의 손길이 뻗쳐 왔다. 안채에서 실력이 어떤지 들어 보고 싶다는 의견을 낸 것이다. 더구나 그 말을 한 사람은 슌킨이었다. 사스케는 슌킨이 이 일을 알게 되면 언짢아할 것이라고 마음을 졸였다. 본인에게 맡겨진 안내 역할만 할 것이지 수습 점원인 주제에 건방지게 흉내나 낸다며 무시하고 빈정대며 비웃을 것만 같았다. 좌우지간 좋은 일은 없을 거라며 두려움을 품고 있었던 만큼 "어디 한번 들어보자."라는 말에 사스케는 더더욱

꿍무니를 빼기 바빴다. 자신의 성의가 하늘에 닿아서 작은 아씨의 마음을 움직여 준다면 천만다행이겠지만 한바탕 웃음거리로 만들려는 심심풀이 장난으로 여길 수밖에 없었고, 무엇보다 사람들 앞에서 연주를 할 자신감도 없었다. 그렇지만 들어 보겠다는 말이 나온 이상, 사스케가 아무리 꿍무니를 빼려고 한들 허락할 리가 없는 슌킨이었다. 더군다나 마님과 아씨들도 호기심을 보였기에 결국 사스케는 안채로 불려 가 그동안 혼자 연습해 오던 곡을 연주하게 되었다. 어찌 보면 그에게는 참으로 영광스러운 순간이었다. 당시 사스케는 그럭저럭 대여섯 곡 정도는 연주할 수 있는 수준이었지만, 익힌 곡을 전부 연주해 보라는 슌킨의 말에 배짱 두둑하게 냉큼 현을 잡고 혼신의 힘을 다해 연주해 나갔다. 그저 어깨너머로 듣고 연습했기에 「흑발(黑髮)」처럼 쉬운 곡이나 「다음두(茶音頭)」같이 어려운 곡도 두서는 없었지만 익힌 대로 연주하였다. 사스케의 우려대로 모즈야 가문은 그를 웃음거리로 삼을 심산이었을지 모른다. 하지만 연주가 끝나자 모두 연신 감탄했다. 현을 짚는 사스케의 손끝은 정확했고 가락도 제법 잘 탔기에 짧은 시간 혼자 연습한 것이라고는 도무지 믿기 어려울 정도였기 때문이었다.

9

『슌킨전』에는 그 순간을 다음과 같이 기록하고 있다.

바로 그때 슌킨은 사스케의 뜻을 갸륵하게 여겨, "너의 하고자 함이 기특하니 앞으로는 내가 가르쳐 주마. 여유가 생기면 언제든지 나를 스승으로 의지하여 연습에 매진하도록 하거라." 라고 하였고, 부친 야스자에몬도 마침내 이를 허락하였다. 사스케는 하늘로 날아오를 듯한 마음으로 수습 업무에 임하는 한편 매일 일정한 시간을 내어 슌킨의 가르침을 받게 되었다. 이리하여 열한 살 소녀와 열다섯 살 소년은 주종 관계에 이어, 이제는 사제의 인연마저 맺게 되었으니 이 어찌 기쁘지 아니하랴.

가뜩이나 까다로운 슌킨이 갑자기 이토록 온정을 베푼 것은 무슨 연유였을까? 그것은 사실 슌킨의 판단이 아니라 주위 사람들의 부추김 때문이라고 한다. 아무리 행복한 가정이라도 맹인 소녀는 자칫 고독에 빠지거나 우울해지기 십상이었기에 부모는 물론이거니와 밑에 있는 하녀들까지 그녀를 대하기 어려웠을 것이다. 어떻게 해서든지 마음을 달래 줄 방법을 고심하던 차에, 마침 소년과 소녀의 취미가 같음을 알게 되었던 것이다. 안채 하녀들이 제멋대로인 아가씨에게 애를 먹던 참에 사스케에게 상대역을 떠넘겨 자기들의 짐을 조금이라도 덜려는 속셈으로, "어쩜 사스케는 저렇게 기특할까요? 이 기회에 아씨께서 가르쳐 보시는 것이 어떠실런지요? 생각지도 못한 은혜라며 여간 기뻐하지 않을 것이옵니다."라며 유도했던 것은 아닐까? 하지만 섣불리 치켜세우면 도리어 토라져 버리는 슌킨이기에 주변에서 부추긴다고 곧이곧대로 넘어가지는 않았을 것이다. 그렇다고 사스케를 미워한 것만은 아니었으니 마치 얼었던 물이 봄이 되어 다시 흐르는 것처럼 마음속에 그런 감정이 생겨났을지도 모를 일이다. 무엇보다 그녀가 스스로 사스케를 제자로 받아들이겠다고 말한 것은 가족이나 하녀들에게 고마운 일이었다. 아무리 신동이라 해도 열한 살 소녀가 과연 다른 사람을 가르칠 수 있을지는 결코 중요하지 않았다. 단지 그런 식으로나마 슌킨의 지루함을 덜어 주면 주위가 편해지기에 이른바 '스승과 제자 놀이'를 하면서 사스케에게 적당히 상대하도록 한 것이었다. 즉 사스케를 위해서라기보다는 슌킨을 위한 조치였지만, 결과적으로 보면 사스케가 훨씬 많은 혜택을 받았다. 『슌킨전』에 의하면 "수습 업무에 임하는 한편 매일 일정한 시간을 내어"라고는 하지만 이제껏 매일 길안내를 하면서 하루에도 몇 시간씩 시중을 드는 데다가 슌킨의 방으로 불려 가서 음악 수업마저 받게 되면 수습 업무를 할 여유는 없었을 터다. 애초부터 상인으로 키울 심산으로 사스케를 맡았던 슌킨의 아버지는 그런 일을 시키는 것이 마음 편치 않았고 그의 부모에게 미안한 마음도 들었을 것이다. 그러나 점원 한 사람의 장래보다는 딸의 비위를 맞추는 것이 무엇보다 중요했고, 사스케 본인도 원하는 이상 당분간은 그렇게 놔두자고 묵인했을 것이다.

이때부터 사스케는 슌킨을 '스승님'이라고 부르기 시작했다. 평소에는 '작은아씨'라고 불러도 괜찮았지만 수업 시간에는 반드시 '스승님'이라고 부르게 하였다. 슌킨 역시 호칭을 붙이지 않고 '사스케'라고 불렀는데, 이는 모두 검교 슌쇼가 제자를 대하는 모습을 흉내 낸 것으로 엄격하게 스승과 제자의 예를 갖추게 했다. 어른들이 바라던 대로 철없는 '스승과 제자 놀이'는 계속되었고 슌킨도 놀이에 빠져 외로움을 잊고 지냈다. 하지만 달이 지나고 해가 바뀌어도 두 사람은 변함이 없었고 놀이를 그만둘 것 같지 않았다. 오히려 2~3년 후에는 가르치는 사람이나 배우는 사람 모두 더욱 진지해져서 놀이의 경지를 넘어섰다. 슌킨의 일과는 오후 2시 무렵에 시작되었다. 우쓰보(靱)의 검교 집에 가서 삼십 분 혹은 한 시간가량 가르침을 받은 후, 집으로 돌아와 날이 저물 때까지 배운 것을 연습하였다. 저녁 식사를 마친 후에는 가끔 마음 내킬 때마다 사스케를 2층으로 불러 가르쳤는데 그러다가 결국에는 하루도 거르지 않게 되었다. 9시, 10시가 되어도 여전히 사스케를 심하게 질타하는 소리가 여러 차례 아래층의 점원들을 놀라게 했다.

"사스케! 내가 그리 가르쳤느냐!"

"안 돼! 안 된다니까, 연주할 수 있을 때까지 밤새도록 하거라!"

"바보 같은 놈! 이런 것도 못 외워!"

이따금 어린 스승이 큰 소리로 꾸짖으며 발목으로 머리를 때리면 그 제자가 훌쩍거리며 우는 일도 적잖았다.

옛날에는 취미 삼아 기예를 배우는 자에게도 눈물이 쏙 빠질 만큼 호된 연습을 시켰고, 제자에게 잦은 체벌을 가하기도 했다는 사실은 익히 알려져 있다. 1933년 2월 12일 오사카 《아사히 신문》 일요판에 실린 오구라 게이지(小倉敬二)가 쓴 기사 「인형 조루리(人形浄瑠璃)⁶의 피투성이 수업」을 보면, 셋쓰 다이조(摂津大掾) 사망 후 3대째 명인이 될 고시지 다유(越路太夫)의 미간에는 초승달 모양의 커다란 흉터가 남아 있다고 한다. 그 흉터는 스승 도요자와 단시치(豊沢団七)가 언제 제대로 익힐 거냐며 들고 있던 발목으로 이마를 찔러 넘어뜨리면서 생긴 훈장이라고 한다. 또한 분라쿠자(文楽座) 인형술사 요시다 다마지로(吉田玉次郎)의 뒷머리에도 똑같은 흉터가 남아 있다. 다마지로가 젊은 시절, 대(大)명인

---

6   노(能), 가부키(歌舞伎)와 더불어 일본 3대 전통극의 하나로서 분라쿠(文楽)라고도 불리는 인형극. 에도 시대에 성립되었으며 샤미센 연주가 곁들여진다.

이자 스승인 요시다 다마조(吉田玉造)와 「아와 해협(阿波鳴門)」 공연을 했을 때였다. 범인 잡는 장면에서 스승이 주로베(十郎兵衛) 인형을 조종했고, 다마지로는 그 인형의 다리를 맡았다. 딱딱 맞아떨어져야 할 인형의 다리 연기가 스승의 마음에 썩 들지 않았다. 스승은 "바보 같은 녀석!"이라며 벌컥 화를 내더니 급기야 사용하던 진검으로 다마지로의 뒷머리를 쾅 내리쳤고, 그 칼날의 상처가 사라지지 않고 지금도 남아 있다는 것이다. 더구나 스승 다마조도 예전에 자신의 스승 긴시(金四)에게 주로베 인형이 피로 시뻘겋게 물들 정도로 머리를 두들겨 맞은 적이 있었다. 그는 피투성이가 된 채 스승에게 부탁하여 부서져 흐트러진 인형의 발을 받아 와 정성스럽게 풀솜으로 싼 후 하얀 나무 상자에 넣어 두고 가끔씩 꺼내서는 자비로운 어머니 영전에 절하듯 예를 올렸다. "이 인형의 엄한 꾸짖음이 없었다면 나는 평생 극히 평범한 예술인으로 끝났을지도 모른다."라며 종종 눈물을 흘렸다.

한편 그의 선대인 오스미 다유(大隅太夫)는 수업을 받던 시절에 소처럼 둔해 보여 '우둔이'라고 불렸다. 스승은 그 유명한 도요자와 단페이(豊沢団平), 흔히 '위대한 단페이'라고 칭송받는 근대 샤미센의 거장이었다. 어느 무더운 여름밤의 일이었다. 오스미가 스승 집에서 「고노시타카게 하자마갓센(木下蔭狭合戦)」 가운데 「미부무라(壬生村)」를 배우는데, 연습을 거듭해도 "부적 주머니는 유품이니라."라는 대목이 잘되지 않았다. 모기장을 치고 들어가 앉은 스승은 잘했다는 말 한마디 없이 잠자코 있을 뿐이었다. 오스미는 모기에 피를 빨려 가며 백 번, 이백 번, 삼백 번 끝없이 반

42

복했고 어느덧 날이 새어 주위가 환해졌다. 스승도 어느새 지쳐 잠든 듯했다. 그래도 "되었다."라고 말해 줄 때까지 소처럼 우직한 특유의 근성을 발휘해 쉬지 않고 열심히 끈기 있게 반복하였다. 이윽고 모기장 안에서 "되었다."라는 스승의 목소리가 들렸다. 잠든 줄 알았던 스승은 뜬눈으로 한숨도 자지 않고 듣고 있었던 것이다. 무릇 이와 같은 일화는 일일이 열거할 수 없을 정도로 많았으니 조루리 배우나 인형술사에 국한된 일이 아니다. 이쿠타류의 칠현금이나 샤미센의 전수도 마찬가지였다. 더욱이 이 분야의 스승은 대부분 맹인이었고 장애를 가진 사람이 으레 그렇듯 외골수가 많았기 때문에 수련이 엄격해지는 경우가 많았다.

앞서 기술한 바와 같이 애초부터 슌킨의 스승 슌쇼도 엄격함을 바탕에 두고 가르쳤기에 걸핏하면 불같이 화를 내고 손이 먼저 나가기 일쑤였다. 스승이 맹인이면 제자도 대부분 맹인이었으니 스승에게 혼나거나 맞을 때마다 조금씩 움츠리며 뒷걸음질하다가 결국에는 샤미센을 껴안은 채 다락방 계단에서 굴러떨어지는 소동도 잦았다. 훗날 슌킨이 칠현금을 가르친다는 간판을 내걸고 제자를 가르칠 때 극도로 엄격했던 것 역시 선대 스승의 성향을 답습한 것으로서 사스케를 가르쳤을 때부터 이미 그 징조가 보였던 것이다. 다시 말해 처음에는 꼬마 아이의 역할 놀이에 불과했던 그 모습이 점점 진정한 스승으로 변모하게 된 것이다. 더구나 남자 스승이 제자를 벌주는 예는 많았지만, 슌킨처럼 여자가 남자 제자를 차거나 때리는 경우는 그 유례가 많지 않았다. 어찌 보면 슌킨에게는 다소 잔혹한 성향이 있었던 것은 아닐까? 연습을 핑계 삼아 일종의 변태스러운 성욕적 쾌락을 즐겼을지도 모른다. 오늘날 진정 그것이 사실인지 단정하기는 어렵겠으나 다만 한 가지 명백한 사실은 소꿉놀이를 할 때 아이는 반드시 어른을 흉내 낸다는 점이다. 슌킨은 검교에게 사랑을 받았기에 여태껏 직접 매를 맞아 본 적은 없었지만 평소 스승 슌쇼의 독특한 방식을 보아 왔기에 어린 마음에 무릇 스승이란 그렇게 하는 거라고 수긍했을 것이다. 놀이를 할 때 자신도 모르게 스승의 흉내를 내는 것은 지극히 당연한 결과였으니 그런 성향이 심해져 습관이 되었을 터다.

11

사스케는 울보였는지 아가씨에게 맞을 때면 항상 울었
다고 한다. 사내답지 못하게 엉엉 소리 내어 우는 모습에 "또
아가씨의 체벌이 시작됐군."이라며 주위 사람들은 눈살을 찌
푸렸다. 처음에는 적당히 재미 삼아 가르치게 할 심산이었던
어른들도 상황이 이 지경에 이르자 매우 당혹스러워했다. 매
일 밤늦게까지 칠현금과 샤미센 가락이 들려오는 것도 성가
신데, 간간이 격앙된 어조로 호되게 꾸짖는 슌킨의 목소리에
사스케의 울음소리까지 밤이 깊도록 들려오곤 했다. 사스케
도 가여웠지만 무엇보다 아가씨를 위해서라도 이래서는 안
되겠다 싶어 보다 못한 하녀 하나가 수업에 끼어들어 말렸다.

"아씨, 뭣 때문에 양갓집 규수께서 이런 하찮은 사내아
이 때문에 애를 쓰고 계시나요?"

"너희들이 참견할 일이 아니니까 신경 쓰지 마."

그럴 때마다 슌킨은 숙연하게 옷깃을 가다듬으며 으름
장을 놓았다.

"난 진심으로 가르치는 거지 장난치는 게 아니야. 사스케를 위하는 마음에 죽을힘을 다해 가르치고 있어. 내가 화를 내든 야단을 치든 수업은 수업이야. 너희들 그걸 모르겠어?"

『슌킨전』에서는 이 사건을 다음과 같이 기록하고 있다.

"어찌 너희는 이 몸이 여자아이라 무시하여 감히 예도의 신성함에 누를 끼치려 하느냐? 설령 어리다 할지언정 누군가를 가르치는 이상, 스승된 자에게는 스승의 길이 있는 법. 이 몸이 사스케에게 기술을 가르치려 함은 애초부터 잠깐 하다가 시들해질 아이들 장난이 아니었다. 본디 사스케가 음곡을 좋아하나 수습 점원의 신분으로는 훌륭한 검교에게 교습받을 수 없으니 홀로 연습하는 그 모습이 가여워, 미숙하나마 이 몸이 대신 스승이 되어 어떻게 해서라도 사스케의 바람을 이뤄 주려 함이었다. 이는 너희가 관여할 일이 아니니 썩 물러가거라!"

의연하게 딱 잘라 말하니 듣던 자는 그 위용에 떨고 언변에 놀라 당황한 기색을 보이며 그 자리를 물러나기 일쑤였다고 한다.

이 기록으로 보아 서슬 퍼렇게 노여워하는 슌킨의 모습을 상상할 수 있을 것이다. 사스케는 눈물을 보이기는 했지만 그녀의 말을 한없이 감사히 받아들였다. 그의 눈물은 고통을 참다못해 흘리는 눈물만은 아니었다. 스승이자 주인으로 믿고 따르는 슌킨의 격려에 대한 고마움이 담겨 있었다. 그런 까닭에 아무리 호된 꼴을 당해도 도망가지 않았고, 울면서 끝까지 참으며 "잘했다."라는 슌킨의 단 한마디가 떨어질 때까지 연습했다. 슌킨의 태도는 그날의 기분에 따라 매번 달라졌다. 까다롭게 잔소리를 늘어놓는 날은 그나마 나은 편에 속했다. 입을 꼭 다물고 눈살을 찌푸린 채 샤미센의 세 번째 현을 팅 하고 강하게 튕긴다거나 사스케 홀로 연주를 시켜 놓고는 좋다 싫다 아무런 말없이 가만히 듣고 있을 때가 있는데 그런 날이면 어김없이 그의 눈물을 쏙 빼놓았다.

어느 날 밤 「다음두」의 간주 부분을 연습했을 때의 일이었다. 사스케가 가르침을 이해하지 못했는지 좀처럼 익히지 못하고 거듭 실수를 반복하자 부아가 치민 슌킨은 여느 때처럼 샤미센을 내려놓았다. 이윽고 오른손으로 강하게 무릎을 내리치며 입으로 "자, 치리치리강, 치리치리강, 치리강치리강치리가치텡, 도츤도츤룬, 자, 루루톤."이라며 샤미센 가락을 소리 내어 가르쳤다. 그러다 갑자기 입을 굳게 다물고 가만히 있었다. 사스케는 말을 붙일 수도, 그렇다고 그만둘 수도 없어서 홀로 고심을 거듭하며 간신히 연주를 이어 갔다. 아무리 기다려도 됐다는 말이 없으니 더 긴장하여 실수가 잦아졌고 온몸에 식은땀이 흘렀다. 사스케는 허둥지둥 닥치는 대로 연주를 이어 나갔다. 그러나 슌킨은 한층 더 입을 굳게 다문 채 눈썹 하나 까딱하지 않고 잠자코 있었다. 그 상태로 두 시간가량 흘렀을까, 어머니 시게 여사가 잠옷차림으로 들어왔다. 그녀는 열심히 하는 것도 정도가 있고 도가 지나치면 오히려 몸에 해롭다며 간신히 두 사람을 떼어 놓았다. 다음 날 슌킨은 부모님 앞으로 불려 갔다.

"네가 사스케를 가르치는 친절은 괜찮으나 제자를 꾸

짖거나 매질하는 것은 남들도 허용하고 본인도 용납하는 검교나 가능한 일이거늘, 네가 아무리 능력이 뛰어나고 잘한다지만 아직은 스승에게 배우는 처지인데 벌써부터 그런 흉내를 내다가는 필시 자만심의 시초가 될 게다. 무릇 예술은 자만하면 실력이 늘 수 없거늘, 더구나 여자의 몸으로 사내한테 '바보.' 따위의 상스러운 말을 쓰는 것은 듣기 거북하구나. 그 점만은 부디 주의해 다오. 이제부터는 시간을 정해서 밤이 깊기 전에 끝마치는 것이 좋겠다. 사스케의 엉엉 우는 소리에 모두들 도통 잠을 잘 수 없으니 곤란하구나."

슌킨을 꾸짖어 본 적이 없는 부모님이 간곡히 설득하니, 그 깐깐하다는 슌킨도 더 이상 대꾸할 말이 없는지 받아들이는 모습이었다. 하지만 잠시 시늉만 했을 뿐 실제로는 그 말에 따르지 않았다.

"사스케, 너는 어찌 그리 기개가 없느냐. 사내자식이 참을성도 없어 툭하면 우는 주제에 그 소리가 너무 크니 도리어 내가 야단맞지 않느냐! 예술에 정진하고자 한다면 뼈와 살이 고통으로 아린다 한들 이를 악물고 참고 견뎌야 하느니라. 그게 불가능하다면 나는 스승을 그만둘 것이야!"

오히려 이리 쏘아붙이니 그 이후로 사스케는 괴로워도 절대로 울음소리를 내지 않았다.

12

모즈야 부부는 슌킨이 실명한 이후 점점 심술궂어지는
데다가 난폭한 행동마저 보이니 적잖게 염려했을 것이다.
딸이 사스케라는 상대를 얻게 되어 한시름 놓기는 했지만
한편으로는 고민이기도 했다. 사스케가 딸의 비위를 맞춰
주는 것은 고맙지만 무엇이든 억지를 써서 제멋대로 하려는
성격이 점점 심해졌기에 장래에 아주 비뚤어진 여자가 되면
어떡하나 남몰래 가슴앓이를 했던 것이다. 그 때문인지 확
실치는 않으나 열여덟 살이 되던 해 겨울, 사스케는 야스자
에몬의 주선으로 검교 슌쇼의 문하로 들어갔다. 결국 슌킨
이 직접 지도하지 못하도록 막아 버린 것이었다. 부모 생각
에 무엇보다도 어린 딸이 어른 흉내를 내는 것은 옳지 않다
고 판단하였고 딸의 성품에도 좋지 않은 영향을 미치리라
염려했기 때문이었는데, 바로 그 순간 사스케의 운명도 결
정되었다. 이때부터 그는 수습 업무에서 완전히 벗어나 명
실공히 슌킨의 길 안내를 하는 동시에 같은 스승의 문하생

으로서 지도를 받게 되었다. 사스케 본인이 희망한 것은 물론이었고, 슌킨의 아버지가 고향의 부모님을 애써 설득하여 양해를 구해 낸 것이었다. 추측건대 애초 상인이 되고자 했던 목적을 포기하는 대신, 사스케의 상래를 보장하고 결코 그냥 내버려 두지는 않겠다며 온갖 약속을 다했을 것이다. 결국 모즈야 부부는 고심 끝에 사스케를 데릴사위로 삼아야 겠다고 결심했다. 맹인인 딸을 격이 맞는 집안에 시집보내기는 어려웠을 것이니 슌킨을 위해서라면 사스케가 더없이 좋은 연분이라 여겼던 것이다.

그 이듬해 슌킨이 열여섯, 사스케가 스무 살 되던 해에 부모는 처음으로 넌지시 결혼 이야기를 건네 보았다. 하지만 뜻밖에도 슌킨은 쌀쌀맞은 어투로 단호하게 거절했다. 자신은 평생 결혼할 생각이 없고 더군다나 사스케 따위는 생각조차 할 수 없다며 몹시 언짢아했다. 그런데 어찌 상상이나 했으랴! 그로부터 일 년이 지난 어느 날 슌킨의 어머니는 딸의 몸 상태가 심상치 않다는 사실을 눈치챘다. 설마 하면서도 내심 조심스럽게 살펴보니 더더욱 수상했다. 다른 사람 눈에 띄어 종업원들의 입방아에 오르면 시끄러워질 것이 뻔한 데다가 아직은 수습할 방도가 있겠다는 생각에 남편에게도 알리지 않고 본인에게만 슬쩍 물어보았다. 하지만 슌킨은 절대 그런 일은 없다고 잡아떼었고, 미심쩍었지만 더 이상 추궁할 수도 없기에 모른 척하고 한 달 정도 내버려 두었다. 그러다 더 이상 사실을 감출 수 없는 지경에 이르렀고 그제야 슌킨은 순순히 임신을 인정했지만 아무리 추궁해도 상대가 누구인지를 밝히지 않았다. 부모는 계속 다그쳤다

"서로 말하지 않기로 약속했습니다."

"사스케더냐?"

"제가 무슨 연유로 그런 점원 따위와……"

순킨은 덮어놓고 부정했다. 누구나 다 사스케를 가장 먼저 의심했지만 부모 입장에서는 과거에 순킨이 했던 말도 있고 해서 설마 하는 마음이 더 컸던 것이다. 더욱이 그런 관계라면 사람들에게 완벽히 숨기기 어려웠을 터, 경험이 적은 소녀와 소년이 아무리 태연을 가장하더라도 들키지 않을 리 없었다. 또한 사스케 역시 순쇼의 문하생이 되고 나서는 이전처럼 밤이 깊어질 때까지 순킨과 함께 있을 기회도 없고, 이따금 선후배로서 격식을 갖추고 복습을 하는 정도였다. 그 이외에 순킨은 기품 있는 아가씨로서 어디까지나 사스케를 길잡이 이상으로는 대우하지 않았기에 점원들은 두 사람이 깊은 관계라고는 그 누구도 짐작조차 못 했다. 오히려 주종 관계로 선을 명확히 긋는 태도에 야박하다고까지 느꼈다. 어차피 상대는 검교의 문하생일 거라며 사스케가 상대를 알고 있으리라는 생각에 물어보았지만 그는 모르쇠로 일관하였다. 전혀 모르는 일이며 더군다나 누구인지 짐작도 가지 않는다는 말뿐이었다. 그렇지만 안방마님은 자신 앞에 불려 와 안절부절못하는 사스케의 모습을 어쩐지 수상쩍어 했다. 의심스러움이 더해져 재차 추궁해 보니 앞뒤가 맞지 않는 말이 흘러나왔다.

"사실은 그 말씀을 올렸다가는 작은아씨께 불호령이 떨어져서요."

마침내 사스케는 울음을 터뜨려 버렸다.

"아니다. 아니야. 작은아씨를 감싸려 함은 가상하나,

주인의 명령을 어찌 어기려 드는 게냐? 이는 도리어 작은아씨를 위함이 아니다. 자, 어서 이름을 말해 보거라."

입에서 신물이 나도록 다그쳐 보았지만 사스케는 도무지 입을 떼려 하시 않았다. 하시만 말하지 않아도 상대는 역시 사스케임을 짐작할 수 있었다. 끝까지 말하지 않겠다고 작은아씨에게 약속했던 것이 두려워서 분명한 대답은 못 드리지만 그 속사정을 알아서 짐작해 주셨으면 하는 어투였다. 모즈야 부부는 이미 벌어진 일이야 어찌할 도리가 없고 그나마 사스케였으니 다행이라고 여겼다. 그런 사이였다면 작년에 두 사람의 혼사를 넌지시 물었을 때 어찌하여 마음에도 없는 말을 했는지, 고지식한 딸이 걱정되면서도 안도감에 가슴을 쓸어내렸다. 더 이상 다른 이의 입방아에 오르내리기 전에 둘을 맺어 주자며 슌킨에게 다시 말을 꺼내 보았으나 또다시 정색하며 대답하였다.

"거듭 말씀하셔도 그런 이야기는 사양하겠습니다. 작년에도 말씀드렸듯이 사스케 따위와는 생각조차 하고 싶지 않습니다. 제 신세를 가엾이 여기시는 것은 고맙습니다만 아무리 부자유한 몸이라 하더라도 아랫것을 남편으로 맞을 생각은 추호도 없습니다. 배 속에 있는 아이의 아버지에게도 미안할 따름입니다."

"그럼 아이의 어버지가 누구더냐?"

"그것만은 묻지 말아 주세요. 어차피 그 사람과 함께 살 생각은 없으니까요."

대답을 듣고 보니 사스케의 말도 모호했고 누가 진실인지 정확히 알 수가 없어 곤혹스러웠지만 사스케 말고는 달리 없을 것 같았다. '지금 당장은 창피해서 일부러 저리 말하는 것이겠지만 때가 되면 본심을 밝히겠지.' 하는 생각에 더 이상 추궁하지 않고 우선은 출산할 때까지 아리마(有馬)로 온천 요양을 보내기로 했다. 슌킨이 열일곱 살 되던 해 5월이었다. 오사카에 사스케를 남겨 두고 슌킨은 하녀 둘과 10월까지 아리마에 머물렀고 순조로이 사내아이를 낳았다. 갓난아기 얼굴이 사스케를 쏙 빼닮아 그제야 의문이 풀렸다. 그래도 슌킨은 사스케와의 혼담에 귀 기울이지 않았을 뿐만 아니라 여전히 친부라는 사실을 부인했다. 달리 어찌할 방도가 없어 두 사람을 대질시켜 물어보았다.

"사스케! 도대체 뭐라고 말했기에 내 입장을 이리도 곤란하게 하는 게냐! 네 기억에 없는 일이면 확실하게 없다고 말하거라!"

엄숙한 표정으로 단호하게 다그치는 슌킨에게 한껏 위축된 사스케는 끝까지 말을 맞추며 부인하였다.

"어찌 제가 감히 주인아씨께…… 터무니없사옵니다. 어릴 때부터 진정 큰 은혜를 받았사온데, 어찌 제 주제를 모르고 그 같은 못된 짓을 저질렀겠습니까……. 당치도 않사옵니다."

상황은 더욱더 미궁 속으로 빠져들었다.

"그래도 태어난 아이가 귀엽지 않느냐? 네가 지금은 이렇게 고집을 피우지만 어찌 아비 없이 아이를 홀로 키우겠느냐. 혼사가 싫다면 갓난아이는 가엾다만 어딘가로 보내 버릴 수밖에 없다."

아버지의 말에 슌킨은 태연한 표정으로 대답했다.

"갓난아이로 저를 속박하려 하십니까? 제발 다른 데 줘 버리세요. 평생 독신으로 살아갈 제겐 족쇄일 뿐입니다."

13

결국 순킨이 낳은 아이는 다른 곳으로 보내졌다. 고카(弘化) 2년(1845)에 태어났으니 지금까지 살아 있을 리 만무하고, 보내진 곳도 알려지지 않았다. 부모가 알아서 잘 처리했을 것이다. 이렇게 순킨이 임신했던 사실은 그녀의 고집으로 흐지부지되었다. 그녀는 어느새 아무렇지도 않은 얼굴로 사스케에게 길 안내를 받으며 연습을 다녔는데, 그즈음 사스케와의 관계는 거의 공공연한 비밀이 되어 버렸다. 정식으로 둘의 관계를 맺어 주려 하면 당사자들이 끝까지 부인했기에 딸의 성격을 잘 아는 부모로서는 어쩔 수 없이 묵인했던 것 같다. 이렇듯 주종 관계도, 동문도, 연인 관계도 아닌 애매모호한 상태가 2~3년 동안 지속되었다.

순킨이 스무 살 되던 해, 검교 순쇼가 세상을 뜨자 그녀는 스승의 자리를 이어받게 되었다. 부모의 슬하를 떠나 요도야바시(淀屋橋) 근처에 집을 한 채 장만했고 사스케도 따라 나왔다. 그녀는 검교 생전에 이미 실력을 인정받았고 언제라도 독립할 수 있도록 허가를 받았던 듯싶다. 검교는 자신의 이름 슌쇼에서 한 글자를 떼서 슌킨이라는 이름을 내려 주었고, 공식적인 연주 자리에서 합주를 하거나 슌킨이 항상 돋보이도록 고음 부분을 맡겼다. 이런 일로 비추어 보아 검교 사후에 슌킨이 독립하여 일파를 이룬 것은 어쩌면 당연한 일인지도 모른다. 그녀의 나이나 처지로 보면 당장 독립할 필요는 없었지만, 이는 분명 사스케와의 관계를 염두에 둔 부모의 조치였을 터다. 공공연한 비밀이 된 두 사람을 계속 애매한 상태로 두었다가는 고용인들에게도 보기 좋지 않으니 억지로라도 한집에 살게 하는 방법을 취했고 슌킨도 별말 없이 따랐던 것 같다. 물론 독립한 후에도 사스케에 대한 대우는 이전과 다름이 없었다. 어디까지나 안내인일 뿐이었다. 더군다나 사스케는 다시 슌킨에게 가르침을 받게 되니 이제는 거리낌 없이 서로 "스승님.", "사스케."라고 불렀다. 슌킨은 사스케와 부부처럼 보이는 것을 싫어해서 지독하리만치 주종 간의 예의, 사제 간의 구별을 엄격하게 두었다. 또한 사소한 대화에 이르기까지 일일이 간섭하며 격에 맞는 언어를 쓰도록 하였는데 어쩌다 그 도리에 한치의 어긋남이라도 있으면 땅에 바짝 엎드려 빌어도 쉽사리 용서치 않았고 집요하리만큼 그 무례함을 힐책하였다. 그런 연유로 두 사람의 관계를 모르는 신참은 둘 사이를 의심할 여지조차 없었다고 한다.

"저리 대하시면서 작은아씨는 사스케 녀석을 꼬셔 낼 때 어떤 표정을 지으실까? 꼭 엿보고 싶어지는걸."

이렇게 모즈야의 점원들은 뒤에서 숙덕거렸다고 한다.

어찌하여 순킨은 사스케를 이처럼 대하였을까? 그도 그럴 것이, 지금도 오사카는 혼례를 치를 때 격식을 내세우며 상대의 가문이나 재산을 따져 보는 것이 도쿄에 버금가는 곳이다. 더구나 예로부터 상인들의 견문과 학식이 높았던 지역이니 그 봉건적 풍습은 가히 짐작하고도 남을 것이다. 따라서 전통 있는 가문의 아가씨로서 긍지를 갖고 있는 순킨이 대대로 하인 집안 출신인 사스케를 낮추어 본 것은 상상 이상이었을 것이다. 비뚤어진 맹인의 심리로 보아 타인에게 약한 면을 보이지 않고 무시당하지 않겠다는 오기마저 불타올랐을 터다. 그러니 사스케를 남편으로 맞이하는 것을 자신에게는 둘도 없는 모욕이라고 여겼는지도 모른다. 이런 사정을 살펴보았을 때 자신보다 낮은 지위의 남자와 육체관계를 맺은 사실을 치욕이라 여겼을 테고, 그 여파로 사스케를 더욱 쌀쌀맞게 대했을 것이다. 그렇다면 순킨은 사스케를 그저 단순한 성적 대상으로 보았던 것은 아닐까? 아마도 의식적으로는 그랬으리라 짐작되는 바다.

14

『순킨전』에 이러한 일화가 전해져 내려온다.

결벽증이 심한 순킨은 조금이라도 때가 묻은 옷은 걸치지 않았고, 속옷은 매일같이 깨끗하게 세탁한 것으로 갈아입었다. 또한 아침저녁으로 방 청소를 시키는데, 지극히 엄격하여 일일이 손가락 끝으로 방석이나 다다미 위를 문질러 보고 추호라도 먼지가 있으면 몹시 짜증을 냈다. 예전에 이런 일도 있었다. 위장병이 있는 제자가 하나 있었는데, 입에서 냄새가 나는 걸 미처 모르고 순킨 앞에서 연습을 하던 중이었다. 여느 때처럼 제일 높은 음을 내는 현을 '땅' 하고 퉁긴 순킨은 그대로 샤미센을 내려놓고 얼굴을 찌푸린 채 한마디도 하지 않았다. 제자는 어찌할 바를 몰라 그 이유를 조심조심 거듭 물어보았고 순킨이 화를 내며 꾸짖었다.

"나는 눈은 안 보이지만 코는 정확하다. 빨리 나가서 양치질을 하거라!"

이토록 결벽증이 심한 것은 맹인인 탓도 있었겠지만, 원래 타고난 성격인 데다가 눈까지 멀었으니 주위에서 시중드는 사람의 고충은 짐작되고도 남을 일이었다. 시중드는 사람은 길 안내뿐만 아니라 식사, 잠자리, 목욕, 측간 등 일상생활의 사소한 일까지 돌봐 주어야 했다. 사스케는 슌킨이 어렸을 때부터 이런 일을 도맡아 했기에 그 버릇을 속속들이 알고 있었다. 더구나 슌킨은 사스케가 아닌 그 누구도 마음에 들어 하지 않았다. 그런 의미에서 사스케는 슌킨에게 없어서는 안 될 존재였다. 분가하기 전에는 다른 식구들을 의식해서 참아 왔지만 한 집안의 주인이 되고 나서는 그 결벽증과 방자함이 더욱 심해져서 사스케에게는 번거로운 일이 한층 많아졌다. 전해 오는 기록은 없지만 데루의 말에 의하면 슌킨은 용변을 보고 나서도 손을 씻지 않았다고 한다. 용변을 볼 때조차 처음부터 끝까지 사스케가 다 해 주었기에 자신의 손을 전혀 쓰지 않았다. 고귀한 부인은 목욕할 때도 예사로 남에게 몸을 맡기면서도 수치를 모른다고 하는데, 그녀도 사스케에게는 그런 귀부인과 다를 바 없었다. 맹인인 탓도 있었겠으나 어렸을 때부터 그런 습관이 몸에 배었기 때문에 새삼스럽게 그 어떠한 감정도 일어나지 않았을지 모른다.

더구나 슌킨은 멋 부리기를 무척 좋아했다. 실명한 이후에는 거울을 보지 않았지만 스스로의 미모에 상당한 자신감을 가졌으며 여느 사람들과 마찬가지로 의복이나 머리 장신구 등 몸치장에 심혈을 기울였다. 또한 기억력이 뛰어났기에 자신의 아홉 살 적 외모를 오래도록 기억하고 있었으리라. 게다가 사람들의 평가나 겉치레로 하는 말을 항상 들어 왔으니 자신이 아름답다는 사실을 잘 알았을 터였다. 그래서 화장에 더욱 공을 들였다. 휘파람새를 키우며 그 배설물을 쌀겨에 섞어 미용액으로 사용했고 수세미액을 귀히 아껴 두고 발랐다. 손발과 얼굴에 윤기가 흐르지 않으면 매우 언짢아했으며 무엇보다도 맨 얼굴이 거칠어지는 것을 꺼려했다. 현악기를 다루는 사람들은 현을 눌러야 하는 왼손 손톱 길이를 신경 쓰기 마련이었다. 슌킨은 반드시 사흘에 한 번씩 손톱을 자르고 손톱 줄로 다듬게 했는데, 왼손뿐만 아니라 양손 양발을 전부 다듬게 했다. 거의 눈에 띄지도 않는, 1밀리미터도 자라지 않은 손톱을 항상 일정한 길이로 정확하게 자르게 한 후 일일이 손으로 만져 보고 조금이라도 길이가 맞지 않으면 용서하지 않았다. 그 모든 시중을 사스케 혼자 도맡아 했고 틈틈이 제자로서 지도를 받다가 때로는 슌킨을 대신해서 제자들을 가르치기까지 했던 것이다.

15

육체관계에도 여러 가지가 있겠지만 사스케는 슌킨의 육체를 세세하게 속속들이 잘 알고 있었기에 평범한 부부 관계나 연애 관계 같은 몽상은 전혀 없이 밀접한 관계를 맺었을 것이다. 훗날 사스케가 맹인이 되어서도 아무 탈 없이 슌킨의 시중을 들 수 있었던 것은 결코 우연이 아니다. 그는 평생 처첩을 맞아들이지 않았으며 수습 시절부터 여든셋이 되도록 슌킨 외에는 단 한 명의 이성도 알지 못했다. 그런 사스케에게 슌킨을 다른 여인네와 비교하며 이렇다 저렇다 평가할 자격은 없었겠지만, 홀아비 생활을 하면서도 주변 사람들에게 그녀의 피부는 세상에서 가장 부드러웠고 팔다리는 유연했다며 자랑을 늘어놓았다. 그것이 노년에 접어든 사스케가 유일하게 입버릇처럼 하는 말이었다. 이따금 손바닥을 펼쳐서는 "스승님의 발은 딱 이 손바닥 위에 올려놓을 정도로 앙증맞았지." 자신의 볼을 만지면서는 "스승님의 발뒤꿈치는 내 볼보다 더 매끈거리고 부드러웠어."라고 되뇌고는 했다.

숀킨의 체구가 작다는 사실은 앞서 언급한 바 있다. 옷을 입으면 말라 보였으나 벗으면 의외로 살집이 있었고 투명할 정도로 하얀 피부는 나이가 들었어도 탄력 있고 윤기가 흘렀다. 평상시에 생선과 닭 요리를 즐겼고 특히 도미회를 좋아하였는데 그 당시 여성치고는 놀랄 만한 미식가였다. 술도 좀 하는 편이라 저녁 반주로 늘 반병은 마셨다고 하니 그것이 어떤 연관성이 있는지도 모르겠다.— 맹인이 음식을 먹는 모습은 왠지 딱해 보여서 연민이 느껴진다. 하물며 그 맹인이 묘령의 미인이라면 말해 무엇하랴! 그 사실을 아는지는 모르겠으나 숀킨은 사스케 말고 다른 사람에게는 식사하는 모습을 보여 주지 않았다. 손님으로 초대받으면 그저 예의상 먹는 시늉만 했기에 무척 고상하게 보였다. 하지만 숀킨은 먹는 것을 좋아했고 식탐이 많았다. 대식가는 아니었지만 밥은 가볍게 두 공기 정도, 여러 가지 반찬에 한 젓가락씩만 손을 대었기에 그 가짓수가 많아져서 시중을 드는 사람에게는 여간 손이 가는 일이 아니었다. 마치 사스케를 골탕 먹일 속셈인 것처럼 보일 정도였다. 덕분에 사스케는 도미조림의 살을 발라내거나 게와 새우를 손질하는 데에 능숙해졌고 은어 같은 생선은 그 모양새를 흐트러트리지 않고 꼬리부터 깔끔하게 뼈를 발라낼 수 있게 되었다.

 숀킨은 머리숱이 남달리 많아 풀솜처럼 풍성했고 부드러웠다. 가냘픈 손에 부드럽게 굴곡진 손바닥, 하지만 현을 다루는 탓인지 손가락에 힘이 있었으니 그 손으로 뺨을 맞으면 매우 아팠다. 성격은 대단히 불같은데도 무척 냉한 체질이라 한여름에도 땀이 차는 일이 없었고 발은 얼음장처럼 차가워서 사계절 내내 두터운 솜옷이나 부드러운 비단옷을 잠옷으로 삼아 양발을 충분히 감싸고 잠자리에 들었다. 잘 때에는 자세가 조금도 흐트러지지 않았다. 얼굴이 발갛게 상기되는 것을 꺼려 하여 고타쓰나 휴대용 난로는 되도록 쓰지 않았고 지나치게 차가워졌다 싶을 때면 사스케가 양발을 자신의 품에 넣고 따뜻하게 해 주었지만 오히려 사스케의 가슴이 더 싸늘하게 식어 버리곤 했다. 긴 시간 탕에 몸을 담그면 심장이 두근거리는 체질인 데다가 몸에서 김이 모락모락 올라오니 가능한 한 단시간에 몸을 덥혀서 재빨리 몸을 씻겨 주어야만 했다. 그래서 겨울에도 목욕탕에 수증기가 가득 차지 않도록 창문을 열어 놓고 미지근한 물에 1~2분씩 나누어 여러 번 몸을 담가야 했다. 이런 슌킨의 면모를 알면 알수록 사스케의 노고는 가히 짐작하고도 남는다. 게다가 물질적으로 받는 보수도 적어 급료라고 해 봐야 가끔 받는 수당에 불과해서 담뱃값조차 궁할 때가 많았다. 몸에 걸친 옷도 명절에 받는 것이 고작이었다. 슌킨 대신 수업을 하였음에도 특별한 지위는 인정해 주지 않았고 문하생들이나 하녀에게도 "사스케."라고 부르게 하였다. 그녀가 다른 곳으로 수업을 갈 때는 현관 앞에서 대기하도록 하였다.

　　어느 날의 일이었다. 치통을 앓던 사스케의 볼이 땡땡하게 부어오르더니 밤으로 접어들자 통증은 참기 어려울 정도로 심해졌다. 그런데도 아픈 내색을 전혀 하지 않고 양치질을 해서 냄새가 나지 않도록 조심조심 슌킨의 시중을 들고 있을 때였다. 잠시 후 이부자리에 누운 슌킨이 어깨와 허리를 주물러 달라고 하였다. 한참 동안 안마를 하던 사스케에게 이번에는 발을 따뜻하게 해 달라고 하였다. 그는 슌킨의 옷자락 끝에 공손하게 모로 누워 자신의 품을 헤치고 그녀의 차가운 발바닥을 가슴 위에 얹었다. 가슴은 얼음장처럼 차가워지고 얼굴은 이부자리의 훈기로 화끈화끈 달아올라 치통이 더욱더 심해졌다. 더 이상 견딜 수 없었던 사스케는 그녀의 발바닥을 부풀어 오른 볼에 올려놓았고 그제야 간신히 참을 만했다. 그때 갑자기 슌킨이 질색하며 그의 볼을 확 걷어차 버렸고, 그 바람에 사스케는 자신도 모르게 "악!" 하고 소리를 질렀다.

"그만 됐다! 가슴으로 데우라 했지, 누가 네 얼굴을 갖다 대라고 했느냐! 눈뜬 사람이나 맹인이나 발바닥에 눈이 없는 것은 매한가지이거늘, 어찌 날 속이려 드느냐! 입병을 앓는다는 건 낮의 태도로 보아 대충 짐작하고 있었다. 또한 오른쪽 볼과 왼쪽 볼은 열기도 다르거니와 부어오른 정도도 다르다는 건 발바닥으로도 가늠이 되거늘 괴로우면 괴롭다고 정직하게 말하면 되지 않느냐. 나라고 아랫사람을 배려할 줄 모르는 게 아니다. 그토록 충성스러운 척하더니 주인의 몸을 빌려 제 볼이나 식히려 하다니 너무나 무례하고 괘씸하기 짝이 없구나!"

슌킨이 사스케를 대하는 태도는 대체로 이런 식이었다. 특히 사스케가 여제자를 가르치거나 친절히 대하는 것을 싫어하였으니 이따금 그런 의심이 들 때면 노골적으로 질투심을 드러내지는 않았지만 한층 더 심술궂은 방법으로 괴롭혔다. 그럴 때마다 사스케는 극도로 크나큰 고통을 당했다.

16

순킨이 아무리 사치를 부리고 마음껏 호의호식을 한다 해도 여인의 몸으로 맹인에 독신이었으니 그 정도에 한계가 있었을 것이다. 그러나 순킨의 집에는 고용인이 대여섯이나 되어 다달이 들어가는 생활비도 만만치 않았다. 왜 그렇게 많은 일손과 비용이 필요했느냐 하면, 그 첫 번째 원인은 새 기르는 취미에 있었다. 순킨은 휘파람새를 유달리 사랑했다. 울음소리가 아름다운 휘파람새는 요즘도 한 마리에 만 엔을 호가하니 아무리 옛날일지라도 그 사정은 같았을 것이다. 다만 예전과 지금의 울음소리 분별이나 감상법이 서로 조금 다르기에 요즘을 예로 들어 설명해 보겠다. 흔히 휘파람새는 '삐릿' 하고 울지만 소위 고음이라고 해서 '삐이삐리릿' 하고 우는 새도 있는데, 기본적인 울음소리 외에도 두 종류의 소리를 더 내는 새가 값어치가 나간다. 이러한 울음은 야생 휘파람새에서는 찾아보기 힘들었고 가끔 운다고 해도 그 마지막 음이 '삐리릿' 하는 고음이 아닌 '삐딘' 하고 탁하게 우는 소리다. '삐리릿' 하는 마지막 음이 금속성의 청명한 여운을 남기게 하려면 인위적인 양성법이 필요했다. 아직 꼬리가 나지 않은 야생 휘파람새 새끼를 잡아 길이 잘 든 휘파람새와 함께 기르며 훈련을 시키는 것이다. 새끼 휘파람새의 꼬리가 나온 후에 훈련을 시키면 어미 새 특유의 탁한 음이 몸에 배어 교정이 불가능했기 때문이다. 스승으로 삼는 휘파람새도 이런 방식을 통해 인위적으로 훈련된 새였는데, 그중에서도 유명한 새는 '봉황'이나 '영원한 벗'이라는 이름을 가지고 있었다. 휘파람새를 기르는 사람은 어느 집에 이름난 새가 있다고 하면 제아무리 멀다 해도 직접 찾아가 울음소리를 배우게 했다. 일명 '우는 법을 배우러 간다.'라고 하는 이 방식은 아침 일찍 시작되어 며칠간 지속되었다. 이따금 스승 휘파람새가 정해진 장소에 출장을 나가기라도 하면 그 주위로 제자 휘파람새들이 모여들었는데 마치 그 모습이 합창 대회처럼 장관을 이루었다. 물론 휘파람새에 따라 소질의 우열과 소리의 미추(美醜)가 있었으니, 골짜기를 건널 때 우는 소리나 고음이라 할지라도 가락의 능숙함과 서투름, 여운의 길고 짧음이 각양각색이었다. 좋은 새를 손에 넣기란 좀처럼 쉬운 일이 아니었으며 그런 새를 기르면 수업료를 벌 수 있어서 값이 나가는 것은 당연지사였다.

순킨은 기르던 새 중 가장 뛰어난 휘파람새에게 '천상의 북'이라는 이름을 붙이고 아침저녁으로 그 소리를 즐겨들었다. '천상의 북'이 우는 소리는 너무나도 아름다웠고 '콩' 하고 울리는 고음은 맑고 깨끗하였다. 그 여운이 마치 인간이 만든 최상의 악기 같았으니 도저히 새소리라고는 믿

기지 않을 정도였다. 게다가 소리가 길고 탄성이 있어 생동
감마저 느껴졌다. 슌킨은 '천상의 북'을 매우 귀하게 여겨
모이에도 세심한 주의를 기울이게 했다. 휘파람새의 으깬
모이는 볶은 콩과 현미를 빻아 가루를 만들고 겨를 섞은 후
에 말린 붕어와 피라미 가루를 반반씩 넣어 무청을 찧은 즙
에 개어서 만들었는데 그 과정이 대단히 번거로웠다. 그 외
에도 좋은 소리를 내기 위해 까마귀머루라는 덩굴줄기 속에
서식하는 곤충을 잡아다가 하루에 한두 마리씩 주었다. 이
토록 손이 많이 가는 새를 대여섯 마리 사육했기에 종업원
중 한둘은 하루 종일 그 일에 매달려야만 했다. 더욱이 휘파
람새는 사람이 보는 앞에서는 울지 않으니, 새장을 사통(飼
桶)이라는 오동나무 상자에 넣고 종이로 바른 장지문을 달
아 빛을 아스라이 비춰 주어야 했다. 그 장지문에는 자단과
흑단으로 정교한 조각을 하거나 진주조개로 그림을 아로새
겨 온갖 정성과 공을 들여 장식했다. 그중에는 골동품도 있
었는데 오늘날에도 높은 가격을 호가하는 물건이 즐비했다.
'천상의 북'의 사통 중에는 중국에서 건너온 걸작품도 있었
다. 그 뼈대는 자단으로 만들어졌으며 가운데 덧붙인 아름
다운 청록색 비취판에는 산수 누각이 섬세하게 조각되어 있
었으니 실로 고상하며 우아하였다.

　　슌킨은 평소에 거실 장식단 옆 창가에 사통을 놓아두
고 귀를 기울였고, '천상의 북'이 지저귀는 아름다운 소리를
들으며 행복해했다. 그런 연유로 종업원들은 새에게 물을
살짝 뿌려 가며 더 울게 하려고 애썼다. 대체로 쾌청한 날에
잘 울었기 때문에 날씨가 나빠지면 덩달아 슌킨도 예민해졌

다. '천상의 북'은 늦겨울부터 봄에 걸쳐 가장 자주 노랫소리를 들려주었고, 여름이 되어 갈수록 차차 그 횟수가 줄어드니 자연스레 슌킨도 우울해지는 날이 많았다. 제대로 기르기만 하면 휘파람새의 수명은 늘어나기 마련이지만 경험이 없는 사람에게 맡기면 쉽게 죽어 버려서 반드시 세심한 주의가 필요했다. 새가 죽으면 다시 사들였지만 '천상의 북'은 8년을 살았고, 한동안 그 뒤를 이을 만한 이름난 새를 구할 수 없었다. 몇 년이 지나서야 겨우 선대에 누를 끼치지 않을 만한 휘파람새를 기르게 되자 똑같이 '천상의 북'이라는 이름을 붙여 주고 무척 귀여워했다. '2대 천상의 북' 또한 그 소리가 영묘하여 극락의 새로 착각할 정도였으니, 슌킨은 밤낮으로 새장을 옆에 두고 총애하기가 이만저만이 아니었다. 언제나 제자들에게 새소리에 귀를 기울이게 한 연후에 이렇게 말하곤 했다.

"너희들, 이 노랫소리를 들어 보거라. 원래는 이름도 없는 어린 새였지만 어렸을 때부터 연마한 공이 헛되지 않아 소리의 아름다움이 야생 휘파람새와는 전혀 다르지 않느냐? 어쩌면 사람들은 그 소리를 가리켜 인공의 아름다움이지 천연의 아름다움은 아니라고 말할지도 모른다. 깊은 계곡 산길에서 봄을 찾아 꽃을 살피며 걷고 있노라면 생각지도 않게 계곡 너머 저편 안개에 쌓인 덤불숲 속에서 들려오는 휘파람새 소리의 운치에는 미치지 못한다고 말이다. 하지만 나는 그렇게 생각하지 않는다. 야생 휘파람새는 시간과 장소가 받쳐 줘야 비로소 그 소리에 정취가 묻어나게 들리느니라. 그 소리를 논함에 있어 결코 아름답다고 단정할 수 없다. 한데 '천상의 북'의 뛰어난 울음소리를 듣노라면 가만히 앉아 있어도 그윽하고 한적한 산골짜기 경치가 떠오르면서 시냇물이 졸졸 흐르는 소리, 길게 뻗은 산기슭 위 벚나무가 아름드리 안개처럼 퍼진 모습이 마음속 눈과 귀에 선명하게 새겨지느니라. 그 소리 안에 꽃과 봄, 안개마저 다 들어 있으니 육체는 세상만사를 모두 잊게 된다. 이는 기교로서 자연의 소리와 그 우열을 다투는 것이니 우리가 배우는 음곡의 비결 역시 바로 여기에 있는 것이다. 아둔한 네 녀석들은 부끄러운 줄 알거라. 작은 새도 예술의 비결을 알고 있거늘 하물며 인간으로 태어난 너희가 한낱 새보다 못함은 물론이요, 질책받는 일도 허다하지 않느냐!"

물론 그 말이 이치에는 맞았으나 걸핏하면 휘파람새와 비교당하는 사스케와 제자들의 고충은 이루 말할 수 없었을 것이다.

17

순킨이 휘파람새 다음으로 좋아하는 새는 종달새였다. 종달새는 하늘을 향해 날아오르는 습성이 있어서 새장 안에서도 항상 높이 날아오르려 하기에 새장도 좁고 높게 만드는데 그 높이가 석 자에서 다섯 자에 달한다. 하지만 그 소리를 제대로 감상하려면 새장에서 풀어놓아 주고 그 모습이 보이지 않을 때까지 높이 날아올린 후 구름 속 깊이 헤치고 들어가 우는 소리를 지상에서 들어야 한다. 다시 말해서 구름을 가르는 기술을 즐기는 것이다. 종달새는 보통 한동안 공중에 머무른 후에 다시 원래의 새장으로 돌아오는데 머물러 있는 시간은 십 분 내지 이삼십 분이다. 오래 머무를수록 뛰어난 종달새라고 알아주기에 종달새 경연 대회에서는 새장을 일렬로 늘어놓고 동시에 새장 문을 열어 하늘로 날려 보낸 후, 가장 나중에 돌아오는 종달새를 우승으로 한다. 뒤처지는 종달새는 되돌아올 때 잘못해서 옆 새장으로 들어가거나 심한 경우 한두 마장 떨어진 곳으로 갈 때도 있지만 대부분은 정확히 자신의 새장으로 돌아온다. 종달새는 수직으로 날아올라 공중에서 한곳에 머물다가 다시 수직으로 하강하기에 자연스레 제자리로 돌아오게 된다. 흔히 구름을 가른다고 표현하지만 구름을 가르며 옆으로 나는 것이 아니라 구름이 종달새를 스치며 흘러가기 때문에 그렇게 보이는 것이다.

화창한 봄날이면 요도야바시 슌킨의 집 주변 사람들은 그녀가 빨래 너는 곳에 나와서 종달새를 하늘로 날려 보내는 모습을 종종 볼 수 있었다. 그 곁에는 항상 시중을 드는 사스케와 새장을 돌보는 하녀가 붙어 있었다. 하녀가 슌킨의 지시에 따라 새장 문을 열면 종달새는 즐겁게 지저귀며 하늘 높이 날아올라 구름 속으로 그 모습을 감추었다. 슌킨은 보이지도 않는 눈으로 하늘을 올려다보며 새의 그림자를 쫓았고 이윽고 구름 사이에서 흘러 내려오는 새소리에 심취해 넋을 잃고 들었다. 이따금 동호인들이 자랑삼아 각자의 종달새를 가져와 경기를 즐기기도 했는데, 그럴 때면 이웃들도 자기 집 옥상에 올라가 종달새 소리를 들었다. 개중에는 종달새보다 아름다운 슌킨의 얼굴을 보려는 이도 있었다. 동네 젊은이들에게는 그런 슌킨의 모습이 익숙할 텐데도, 여색을 밝히는 사내란 어디에나 늘 있는 법이어서 종달새 소리가 들리면 "옳거니!" 하며 급히 지붕 위로 뛰어 올라가는 자도 있었다. 사내들이 그렇게 슌킨에게 야단법석을 떤 것은 맹인만이 풍기는 그 특별한 매력과 깊은 멋에 이끌려 생겨난 호기심 때문이었으리라. 또한 평소에 개인 지도를 하러 외출할 때에는 알 수 없는 표정을 지은 채 새초롬하게 사스케의 손에 이끌려 갈 뿐이지만, 종달새를 날려 보낼 때에는 밝게 미소를 짓거나 이야기도 나누니 그녀의 미모에 생명력이 깃들어 반짝반짝 빛나 보였을지도 모르겠다. 슌킨은 다른 새도 많이 키웠는데 울새, 앵무새, 동백새, 멧새도 있었나. 어떤 때에는 여러 종류의 새를 대여섯 마리 돌보기도 했으니 그 비용이 이만저만 드는 것이 아니었다.

18

순킨은 집안사람들을 대할 때는 쌀쌀맞았지만, 밖에서는 의외로 붙임성이 좋았다. 특히 초대를 받았을 때의 그 다소곳한 말씨와 정숙한 몸가짐에는 교태가 묻어났다. 그런 그녀가 집안에서는 사스케를 괴롭히며 제자에게 욕을 퍼붓고 손찌검이나 한다는 사실은 도저히 상상하기 어려웠다. 하지만 혼례나 장례식, 우란분재나 연말처럼 격식을 차려야 할 때에는 모즈야 가문의 품위에 어긋나지 않게끔 하인과 하녀는 물론이고 몸종과 가마꾼, 인력거꾼에게도 큰 은혜를 베풀기라도 하듯 과감하게 돈을 뿌렸다. 그렇다고 무분별한 낭비를 일삼지는 않았다. 예전에 『내가 본 오사카 및 오사카인』이라는 책에서 그들의 검소한 생활상을 논하며 도쿄 사람은 무분별한 사치를 일삼지만, 오사카 사람은 화려함을 추구하는 것처럼 보여도 정작 보이지 않는 곳에서는 검소하게 산다는 내용의 글을 쓴 적이 있었다. 순킨 역시 오사카 상인 가문 출신이었으니 어찌 돈 쓰는 데에 허술함이 있었겠는가? 극단적으로 사치를 즐겼지만 동시에 극단적으로 인색한 욕심쟁이기도 했다. 슌킨이 화려함을 경쟁한 것은 천성적으로 남에게 지지 않으려는 성격 탓이겠지만, 그 목적에 부합되지 않는 한 함부로 낭비하는 법이 없었다. 단 한 푼도 허투루 쓰지 않았다. 기분에 따라 돈을 마구 썼던 것이 아니라 그 용도를 생각하고 효과를 노렸던 것이다. 그런 점에서 보면 이성적이고 타산적이었지만 어떤 경우에는 남에게 지지 않으려는 성격이 도리어 탐욕적으로 변형되기도 했다. 제자에게 받는 월사금이나 입문할 때 받는 사례금은 여자의 몸인 데다 다른 선생들과의 형평도 고려해야 했으나, 콧대 높은 자부심에 일류 남자 검교와 동등한 액수를 요구하며 양보하지 않았다. 하지만 이 정도는 약과에 불과했으니 명절에 제자들이 가져오는 사례금까지 한 푼이라도 더 받아 내려는 욕심에 그 속뜻을 은근하고도 매우 집요하게 내비쳤다.

한번은 이런 일도 있었다. 어느 맹인 제자가 집이 가난하여 월사금조차 자주 밀리는 처지였는데 명절 때 사례금을 낼 형편이 되지 않자 최소한의 예의로 백선양갱 한 상자를 사서 사스케의 인정에 호소했다.

"부디 제 가난한 처지를 불쌍히 여기시어 이번만은 눈감아 주십사 스승님께 중재를 부탁드립니다."

이를 가엾이 여긴 사스케가 조심스레 그 사정을 전하자 슌킨의 안색이 돌변하였다.

"월사금과 사례금을 따지는 것이 내 욕심이나 채우려는 것처럼 보일 수 있겠지만 절대 그렇지 아니하다. 돈이 문제가 아니라 일정한 기준을 세우지 않으면 사제 간의 예의가 성립되지 않는 법이니라. 그 아이는 매월 월사금도 소홀히 하거늘 명절마저 양갱 한 상자로 때우려 하니 무례하기 짝이 없구나! 스승을 우습게 보고 능멸하는 것과 마찬가지니라. 안타깝지만 그렇게 가난하다니 기예를 배운다 하더라도 잘될지 모르겠구나. 물론 재능과 실력에 따라서 무보수로 가르쳐 주지 못할 것도 없지만, 그것은 장래에 희망도 있고 모든 사람들이 재주를 아쉬워할 만큼 대성하리라 기대되는 사람에 한한 일이니라. 가난함을 이겨 내고 우뚝 설 수 있는, 인정받는 명인이 될 만한 사람은 태어날 때부터 다른 법이니 끈기와 열정만으로는 아니 된다. 기예에는 전망도 보이지 않는 데다가 장점이라곤 오로지 뻔뻔스러움 하나뿐인 녀석이 가난을 가엾이 여겨 주십사 하다니, 그 자만심 한번 참 대단하구나! 이토록 다른 사람에게 폐를 끼치고 수치를 내보일 바에야 이쯤에서 그만두라고 하여라. 그래도 정 배우고 싶다면 오사카에는 좋은 스승이 얼마든지 있으니 원하는 대로 아무 데나 제자로 들어가고 이곳은 오늘로 그만두라 하거라. 그런 제자는 아니 받는다고 하여라."

그 후로 아무리 정중하게 사과해도 듣지 않고 결국 그 제자를 그만두게 했다. 하지만 그와는 반대로 두둑하게 사례를 하는 제자에게는 아무리 엄격한 슌킨이라도 그날 하루만큼은 부드러운 표정으로 대하거나 마음에도 없는 칭찬을 했다. 오히려 듣는 이가 거부감마저 들 정도였으니 모두들 스승의 칭찬을 두려워했다. 더구나 여기저기서 들어오는 선물을 몸소 하나하나 확인하고 과자 상자까지 열어 살펴보았으며 사스케를 불러 주판을 놓게 하면서 다달이 들어

오고 나가는 돈을 정확히 맞추었다. 특히 셈이 밝고 암산에 능한 슌킨은 한 번 들은 숫자는 쉽사리 잊지 않았다. 심지어 쌀집에 줘야 할 돈이 얼마인지 술집에 줘야 할 돈이 얼마인지 2~3개월 전의 일까지도 정확하게 기억해 냈다. 그녀는 도가 지나칠 정도로 사치스러운 데다가 이기적이었기에 자신이 사치를 부린 만큼 어딘가에서 그것을 메우려 했고 결국 그 피해는 고스란히 고용인에게 돌아갔다. 그 집안에서는 오로지 슌킨만이 호화스러운 생활을 누렸을 뿐 사스케를 비롯한 하인들은 극도로 절약을 강요당하는 가난뱅이와 같은 생활을 하였다. 끼니때마다 "식사량이 많이 줄었네, 조금 줄었네."라는 소리가 들릴 정도로 모두들 식사조차 충분히 하지 못하였다.

"스승님은 우리보다 휘파람새랑 종달새가 충성스럽다고 말씀하셨다지? 그거야 당연한 거잖아. 이상할 것도 없지. 우리들보다야 새를 훨씬 소중히 대하시니 말이야."

고용인들은 뒤에서 수군거렸다.

19

모즈야 가문에서도 부친 살아생전에는 슌킨이 요구하
는 대로 돈을 보내 주었지만 오빠가 가문의 대를 잇자 상황
이 급격히 바뀌었다. 요즘에는 여유로운 집안의 부인이 사
치를 부린다 해도 별스러운 일이 아니지만, 옛날에는 남자
도 사치를 삼갔다. 아무리 재산이 많다 해도 품위를 지켰고
오래된 가문일수록 의식주의 사치를 삼가며 신분에 걸맞지
않는다는 비난을 받지 않으려 했으니, 이는 벼락부자라는
말을 듣기 꺼려 했기 때문이다. 하지만 맹인의 몸으로 다른
즐거움을 찾을 수 없는 딸이 그저 안쓰러웠던 부모는 슌킨
에게 사치를 허락했다. 그렇지만 오빠가 대를 잇고 나서는
여기저기서 들리는 비난에 매달 고정적인 액수를 정해 놓고
아무리 떼를 써도 그 이상은 보내 주지 않았다. 그녀가 인색
했던 이유도 이런 부분과 적잖이 관계가 있을 것이다. 하지
만 여전히 생활을 유지하고도 남을 정도의 돈을 받았기에
교습은 어찌 되든지 상관없었고 제자에게 콧대가 높은 것

역시 당연했다. 슌킨을 찾아오는 제자는 손에 꼽을 정도였기에 교습소는 늘 한산해서 적막하기까지 했다. 그래서 새 기르는 취미에 빠질 여유가 있었다.

그러나 이쿠타류의 칠현금이나 샤미센 연주에 있어서 슌킨이 오사카에서 가장 뛰어났다는 사실은 결코 그녀 혼자 자부하는 것이 아니었다. 공평한 이라면 누구나 인정하는 바였다. 슌킨의 오만을 경멸한다 해도 그 속에는 은근히 그 기예를 시기하고 두려워했던 마음이 있었던 것이다. 필자가 아는 연세 지긋한 예술가 한 분도 청년 시절에 가끔 그녀의 샤미센 연주를 들었다고 한다. 그 예술가는 조루리 샤미센 연주자라서 그 모양새는 달랐으나 요즘에는 슌킨처럼 오묘한 음률로 지우타(地唄)[7] 샤미센 음곡을 연주하는 것을 들어 본 적이 없다고 했다. 또한 명인 단페이가 젊었을 때 슌킨의 연주를 듣고, "애석하구나! 이분이 남자로 태어나 굵은 발목으로 연주했더라면 천하에 당할 자가 없는 명인이 되었을 것을!"이라며 통탄했다고 한다. 그 말은 굵은 발목이 샤미센 예술의 극치며 더군다나 남자가 아니라면 끝내 그 십오함에 도달하지 못함을 의미하는 것이니, 슌킨이 뛰어난 재능을 가지고도 여자로 태어난 것을 개탄했던 것일까? 아니면 애초부터 슌킨의 샤미센이 남성적이라는 사실에 감탄했던 것일까? 앞서 언급했던 예술가의 말을 빌리자면 "슌킨의 샤미센을 가만히 듣고 있노라면 선명하게 살아 있는 그 가락이 마치 남자가 연주하는 게 아닌가 착각할 정도다. 또한

7   에도 시대의 초기부터 관서 지방에서 행해진 샤미센 연주의 총칭.

그 음색이 단순히 아름답기만 한 것이 아니라 다채롭게 변화하면서도 때로는 비장하고 깊은 맛이 나는 소리를 낸다.”라고 하였으니, 여자에게서는 쉽사리 볼 수 없는 실력이었다고 한다.

만약 슌킨이 조금 더 겸손하게 행동하는 법을 알았더라면 그 이름을 크게 떨쳤을 것이다. 하지만 부잣집에 태어나 아무런 어려움 없이 자라 제멋대로 굴었기에 주변 사람들에게 경멸을 불러일으켰고 오히려 그 뛰어난 재능이 미움을 사게 되어 사방에 적을 만들었다. 결국 허무하게도 이름을 떨치지 못한 것은 자업자득이라 하겠지만 한편으로는 무척 불행한 일이기도 했다. 그 문하에 오는 제자들은 모두 슌킨의 실력에 탄복한 자로서 애초부터 그 각오가 남달랐다. “이분이 아니라면 어떤 이를 진정한 스승으로 삼는단 말인가! 가르침을 받기 위해서라면 어떤 가혹한 수련도 달게 받겠다.”라며 굳은 결심으로 입문하지만 오래 버티는 사람은 드물었고 대부분은 한 달을 넘기지 못했다. 짐작건대 슌킨의 수업이 지도 편달의 수준을 벗어나 종종 심술궂은 징계로까지 이어지고 가학적인 색채마저 띠게 된 데에는 스스로가 명인이라고 자부하는 의식이 작용했을 터다. 다시 말해서 세상 사람들이 그런 행동을 허용하는 데다가 문하생도 각오를 단단히 하고 들어오기에 그렇게 행동할수록 명인이 된 것 같은 착각에 빠져 점점 우쭐해지다가 결국에는 스스로도 억제할 수 없는 단계에 이르렀던 것이다.

20

데루에 의하면 슌킨의 제자는 매우 적었지만, 입문자들은 그녀의 용모를 목적에 두고 찾아오는 것 같았다고 한다. 자산가의 딸로 미혼인 데다가 미모까지 겸비했으니 있을 법한 일이었다. 그녀가 제자에게 매우 엄격히 대했던 것 역시 이렇듯 반은 장난삼아 오는 자들을 쫓아내기 위함이었다. 하지만 얄궂게도 그런 엄격함이 오히려 더 인기를 끌었다. 억지 추측을 해 보자면, 성실한 수제자 중에도 정작 수업보다는 아리따운 맹인의 회초리에 야릇한 쾌감을 느끼는, 그런 성향에 사로잡힌 자가 있었을 것이다. 분명 장자크 루소와 같은 마조히스트가 몇 명은 되었을 터다.

이제 슌킨에게 닥칠 두 번째 재난을 이야기할 때다. 『슌킨전』에서도 명확히 밝히고 있지 않기에 그 원인이나 가해자를 정확히 서술할 수 없음이 유감스러울 따름이다. 아마도 앞서 말한 바와 같은 이유로 문하생 중 누군가에게 깊은 원한을 사서 해코지를 당했다고 보는 것이 타당할 것이다. 우선 짐작이 가는 자는 도사보리(土佐堀)의 잡곡상 미노야 규베(美濃屋九兵衛)의 자제 리타로(利太郎)였다. 꽤나 방탕한 자로서 원래 음악적 재능이 빼어났는데 언젠가부터 슌킨의 문하로 들어와 칠현금과 샤미센을 배웠다. 그는 부모의 재산을 내세워 어디에서든 도련님 소리를 듣는다며 으스대는 습관이 있었다. 동등한 문하생을 가게에서 부리는 점원 대하듯 하대해서 슌킨도 내심 못마땅하게 여겼으나, 그가 가져오는 사례로 충분한 보상이 되었기에 내치지 않고 되도록 소홀함이 없게끔 신경을 썼다. 그런데도 리타로는 스승님이 자신을 인정해 준다며 떠벌리고 다녔다. 그는 특히나 사스케를 경멸했는데 대리 수업은 싫다며 슌킨이 직접 가르쳐 주기만을 고집했다. 그의 행동은 점점 더 심해졌고 슌킨도 참을 수 없는 지경에 이르렀다. 어느 날 리타로의 부친이 노후 준비로 덴가차야(天下茶屋)의 한적한 곳에 별장을 지었는데, 그 정원에 오래된 매화나무 십여 그루를 옮겨 심었다. 어느 해 봄에 그곳에서 매화 꽃놀이 연회가 있었는데 슌킨도 초대받았다. 연회는 젊은 주인 리타로의 총지휘 아래 열렸고 어릿광대와 기생들도 불러들였다. 슌킨 곁에는 언제나처럼 사스케가 시중을 들고 있었는데, 그날 리타로를 비롯해 기생들이 이따금 사스케에게 술을 권하자 매우 당혹스러워했다. 요즘 들어 슌킨의 저녁 반주 상대를 하면서 술이 약간 늘었다고는 하지만, 원래 잘 마시는 편도 아니었고 밖에서는 슌킨의 허락 없이는 단 한 방울도 마실 수 없었다. 더구나 슌킨을 집까지 안전하게 모실 수 없기에 사스케는 마시는 척만 하고 있었다. 눈치 빠른 리타로가 이를 재빠르게 알아채고는 굵직한 목소리로 생트집을 잡았다.

"스승님! 사스케는 스승님의 허락 없인 술을 못 마시네요. 오늘은 매화 꽃놀이를 하는 날이지 않습니까? 오늘 하루만큼은 느긋하게 쉬게 해 주십시오. 사스케가 녹초가 되더라도 스승님을 모시고 갈 사람이 이 자리에 두셋은 있지 않습니까?"

슌킨은 쓴웃음을 지으며 적당히 답하였다.

"그럼 조금은 즐거도 좋으니 너무 취하지 않게만 하시지요."

말을 마치자마자 허락이라도 떨어졌다는 듯이 여기저기서 사스케에게 연신 술을 따라 주었다. 그래도 사스케는 정신을 바짝 차리고 반 이상을 술잔 씻는 그릇에 쏟아 버렸다.

그날 소문대로 요염하다 못해 농염한 슌킨의 자태와 기품에 놀라지 않는 자가 없었으며, 그 자리에 앉은 어릿광대와 기생조차 익히 아는 고명한 슌킨을 눈앞에서 보고는 저마다 입을 모아 칭찬의 말을 늘어놓았다. 리타로의 환심을 사려는 입 발린 말이기도 했지만, 당시 서른일곱이었던 슌킨은 확실히 나이보다 열 살은 젊게 보였다. 한없이 새하얀 낯빛에 그 목덜미는 보는 사람이 소름이 돋을 정도로 아름다웠으며, 무릎에 조신하게 포개진 자그마한 손등에는 윤기가 흘렀다. 고개를 약간 숙인 맹인의 얼굴이 지닌 요염함은 그 자리에 있던 모두의 눈동자에 황홀경을 드리워 놓았다.

재미난 일이 하나 있었는데 모두가 정원에 나가 한가로이 거닐고 있을 때였다. 사스케가 슌킨을 매화나무 쪽으로 데리고 가 "아! 여기에도 매화가 있습니다." 하며 일일이

나무 앞에 멈추어 서서 직접 만져 보게 하였다. 무릇 맹인이란 촉각으로 물건의 형태를 확인해야 하는 존재이므로 꽃나무를 감상하는 데도 그런 습관이 배어 있던 것이었다. 가녀린 손으로 구부러진 늙은 매화나무를 몇 번이고 매만지는 슌킨의 모습에 한 어릿광대가 기이한 소리를 질렀다. "아! 매화나무가 정말 부럽구나!" 그러자 다른 광대가 슌킨의 앞을 가로막으며, "내가 매화나무요." 하며 곧게 뻗은 매화나무 흉내를 내자 좌중이 하나같이 크게 웃어 젖혔다. 이는 슌킨을 깔보는 것이 아니라 오히려 띄워 주려 했던 일종의 가벼운 농담이었지만, 유흥가의 저속한 말장난에 익숙하지 않았던 슌킨은 기분이 썩 좋지 않았다. 언제나 일반인과 똑같은 대우를 받고 싶어 하며 차별을 싫어했기에 이런 식의 농담은 더더욱 거슬렸다. 이윽고 저녁이 되었고, 자리를 옮겨서 연회가 시작되었을 무렵이었다.

"사스케 자네도 많이 힘들지. 스승님은 내게 맡기고 저쪽에 차려진 술이나 한잔 마시고 오게나."

리타로의 권유에 사스케는 막무가내로 술을 강요당하기 전에 배를 채워 두는 게 좋겠다는 생각에 순순히 별실로 물러났다. 우선 저녁을 먹으려 했지만 술잔을 들고 따라 들어온 노파가 옆에 꼭 달라붙어 앉았다.

"자, 한 잔 더, 한 잔 더."

계속 술을 권하는 바람에 생각지 못하게 시간을 많이 빼앗기게 되었고 식사를 다 마쳤지만 한동안 아무도 부르러 오지 않기에 사스케는 별실에 대기하고 있었다. 그때 연회장 쪽에서 무슨 일이 벌어졌는지, "사스케를 불러 주시지요."라는 슌킨의 말이 들려왔다.

"손을 씻고자 하는 거라면 제가 도와 드리지요."

리타로는 슌킨의 말을 무시하고 대답하는 듯했다. 분명 복도로 데리고 나와 손을 삽으려 했던 것이 틀림없었다.

"아니요. 그냥 사스케를 불러 주시지요."

슌킨은 붙잡힌 손을 강하게 뿌리치며 미동도 없이 복도에 서 있었는데, 그 순간 사스케가 헐레벌떡 뛰어왔다. 그는 슌킨의 안색을 살펴보고 바로 그 전모를 알아차렸다. 이번 일로 리타로가 슌킨의 교습을 포기했다면 좋았을 텐데, 바람둥이는 상황이 엉클어져도 순순히 포기하지 않는 법인지 뻔뻔스럽게도 그다음 날 태연히 교습을 받으러 왔다.

'그렇다면 아주 철저하게 가르쳐 주마. 본격적인 수업을 견딜 수 있으면 어디 견뎌 봐라.'

슌킨은 갑자기 태도를 바꾸어 리타로를 호되게 가르쳤다. 그러자 리타로는 당황하여 매일 땀을 서 말이나 흘리며 허덕거렸다. 원래 아무도 인정하지 않던 솜씨였는데 그나마 치켜세워 주었을 때는 괜찮았지만 심술궂게 추궁당하니 결점이 여실히 드러났다. 더구나 슌킨이 서슴없이 화를 내며 욕을 퍼부어 대니 평상시에도 해이해진 마음으로 핑계를 대며 연습도 하지 않던 리타로는 더 이상 참지 못했다. 아무리 호되게 가르쳐도 점점 뻔뻔해져서 일부러 성의 없이 연주를 하였다. 어느 날 참다못한 슌킨이 "이런 멍청이!"라면서 채로 내리치자, 리타로는 "악! 아파!" 하며 비명을 질렀는데 그 이마에서는 피가 뚝뚝 떨어졌다.

"두고 보자!"

리타로는 피를 눌러 닦으며 말을 내뱉고 분연히 자리를 박차고 나갔다. 그 길로 모습을 보이지 않았다.

21

일설에 의하면 슌킨에게 위해를 가한 사람은 북쪽 신 개척지에 사는 어느 소녀의 아버지라고 한다. 이 소녀는 게 이샤가 될 준비를 하고 있었기에 철저하게 배울 각오로 고 된 연습도 참아 가면서 슌킨의 가르침을 받았다. 그러던 어 느 날, 슌킨에게 발목으로 머리를 맞은 소녀가 울면서 도망 치듯 집으로 돌아갔다. 그 상처 자국이 이마에 남았기에 아 버지가 노발대발하며 슌킨에게 항의했다. 매 맞은 당사자보 다 더 화를 내는 것으로 미루어 보아 양아버지가 아닌 친아 버지인 것 같았다.

"장차 얼굴로 먹고살 여자아이의 얼굴에 흉터를 남기 다니! 아무리 수업이라지만 나이 어린 여자아이를 꾸짖는 것도 정도가 있지! 그냥 못 넘어가겠소. 어떻게 해 줄 것이 오!"

"이 교습소는 엄하게 가르치는 것으로 유명합니다. 이 러실 거라면 어찌하여 제게 맡기셨는지요?"

그 아버지가 상당히 과격한 언사를 사용하였기에 슌킨 역시 남의 말을 듣지 않는 천성을 앞세워 오히려 비꼬는 투로 대꾸하였다. 이에 그 아버지도 질 수 없다는 듯 언성을 높였다.

"때리던 쥐어박던 상관없지만 눈도 안 보이는 자가 그리하면 더 위험하지 않소! 어느 곳에 어떤 상처를 입힐지 모르는 맹인이면 어디까지나 맹인답게 행동했어야지!"

돌아가는 상황이 폭력마저 휘두를 기세였기에 사스케가 중간에 끼어들어 간신히 그 자리를 마무리하고 돌려보냈다. 슌킨은 새파랗게 질린 얼굴로 부들부들 떨며 입을 꽉 다문 채 마지막까지 사죄의 말 한마디 내뱉지 않았다. 그 아버지가 딸의 얼굴에 상처를 입힌 일에 대한 앙갚음으로 슌킨의 얼굴을 망쳐 놓은 것이라고 한다. 그러나 이마 한가운데와 귀 뒤에 살짝 흉이 진 것으로 앙심을 품고 가혹한 체벌을 한 슌킨 또한 평생 흉한 얼굴로 살아야 한다고 했다니, 아무리 자식 사랑에 눈이 먼 부모 마음이라고 하지만 그 복수가 너무 지나치게 잔인했다. 상대는 맹인이니 미모를 추하게 바꾸어 놓는다 해도 본인에게는 그다지 큰 타격을 주지 못할 것이고. 만약 슌킨만을 표적으로 삼았다면 더 통쾌한 방법도 있었을 것이다.

추측건대 복수하는 이의 의도는 슌킨을 괴롭히는 데 그치지 않고, 사스케도 비탄 속으로 몰아넣으려는 속셈이 아니었을까? 결국 그것이 슌킨을 가장 괴롭히는 것이기도 했다. 그렇다면 앞서 말한 소녀의 아버지보다는 리타로를 의심하는 편이 타당한 것 같은데, 과연 어떨까? 리타로의 연정이 얼마나 열렬했는지 알 수는 없지만, 젊었을 때는 누구나 연하의 여성보다 아름다운 연상의 여인을 더 동경하는 법이다. 아마도 온갖 계집질을 다 해 보고서 그게 그거라 느끼던 차에 미모의 맹인에게 현혹된 것이리라. 처음에는 한때의 호기심으로 시작했다 해도 퇴짜를 맞은 데다가 사내 체면에 미간까지 찢기고 보니 고약한 앙갚음을 할 만도 했다. 그렇지만 슌킨에게는 적이 많았기에 어떤 인간이 무슨 이유로 원한을 품었는지 알 수가 없었다. 그러니 무조건 리타로라고 단정하기는 어려웠고, 더군다나 그 사건은 반드시 치정에 의한 것이 아니었을지도 모른다. 금전상의 문제만 따져 보더라도 앞서 언급했던 가난한 맹인 제자처럼 가혹한 일을 겪은 이가 한둘이 아니었기 때문이다. 또한 리타로만큼 뻔뻔스럽지는 않더라도 사스케를 내심 질투하던 자는 꽤 있었다고 한다. 사스케가 슌킨에게는 기묘한 '안내인'이었다는 비밀은 오래가지 못했고 결국 제자들 사이에 알려져서 슌킨을 마음에 품은 자는 남몰래 사스케의 행복을 부러워했다. 어떤 이는 그가 충직하게 슌킨을 떠받드는 모습에 반감을 품기도 했다. 정혼을 한 남편이었거나 하다못해 정부 대접이라도 받았더라면 뒤에서 손가락질당할 일은 없었겠지만 표면적으로는 어디까지나 안내인이요, 일꾼이자 안마사에 때밀이였다. 그 이면을 속속들이 아는 입장에서 슌킨의 신변 잡무를 모두 책임지는 충직한 하인으로 행세하는 사스케를 보노라면 어지간히 배가 아팠을 것이다. "저런 안내인 역할쯤이야 힘은 좀 들겠지만 나도 할 수 있어. 뭐 그리 대단한 일이라고."라며 비웃는 사람도 많았다.

그렇게 본다면 사스케에게 증오를 품은 어떤 자가 '하루 아침에 슌킨의 미모가 흉악하게 변해 버린다면 사스케의 표정이 어떨까? 그 고달픈 하인 노릇을 계속할 수나 있을까? 아주 볼만할 거야?'라는 능구렁이 같은 속셈으로 해코지를 했다고 볼 수도 있다. 한마디로 억측이 난무했으며 그 진상을 판명하기란 어려운 일이었다.

그런데 진실에 가까운 유력한 일설이 짐작조차 못 했던 곳에서 흘러나왔으니 여기에 밝혀 두는 바다. 그것은 가해자가 슌킨의 제자가 아니라, 직업적 경쟁자인 다른 검교이거나 여스승이라는 설이었다. 달리 증거는 없었지만 어쩌면 이것이 가장 정확한 관찰일지도 모른다. 짐작건대 슌킨이 평소 오만하게 굴며 예도에서는 스스로 일인자임을 자처하고 이를 세상 사람들도 인정하는 바였으니, 그 점이 같은 예술을 하는 스승들의 자존심을 상하게 하고 때로는 위협도 되었을 터다. 검교라 함은 옛날 교토에서는 맹인 남자에게 내려지는 하나의 훌륭한 '지위'였기에 특별한 의복과 탈것이 내려졌고 세상 대우도 보통 예인들과는 달랐다. 그러한 사람이 슌킨의 기예에 미치지 못한다는 소문을 듣는다면 같은 맹인으로서 깊은 원한을 품었을 것이며 어떻게든 그녀의 기술과 평판을 매장시켜 버릴 심산으로 온갖 음흉한 수단을 생각해 냈을 것이다. 흔히들 이런 경우에는 질투심에 상대방에게 수은을 먹여서 목소리를 망가뜨렸다고 한다. 하지만 슌킨은 소리만이 아닌 악기까지 다뤘기에 그녀가 허영심과 용모를 앞세워 자만하지 못하고 두 번 다시 대중 앞에 설 수 없도록 얼굴을 흉측하게 바꿔 버린 것이라고 한다. 만약 가해자가 남자 검교가 아니라 여스승이었다면 슌킨의 아름다운 용모마저도 증오했을 것이니 그녀의 미모가 망가졌을 때 일종의 쾌감을 느꼈으리라. 이처럼 여러 가지로 의심할 만한 원인을 짚어 가다 보면 조만간 누군가에게 해코지를 당할 수밖에 없는 상황이었음을 예견할 수 있었다. 슌킨은 자신도 모르게 여기저기 그런 화근거리를 제공하고 있었던 것이다.

22

앞서 말한 덴가차야에서의 매화 꽃놀이 이후, 한 달 반 정도 지난 삼월 그믐날 밤 축시 반 무렵, 즉 새벽 3시경이었다. 『슌킨전』에는 다음과 같이 기록되어 있다.

슌킨의 신음 소리에 놀라 깨어난 사스케가 급히 방으로 달려가 서둘러 불을 켜 보았지만, 이미 주변에는 사람 그림자 하나 없었다. 누군가 덧문을 억지로 열고 슌킨의 침실로 숨어 들어가려 했으나 황급히 달려오는 사스케의 기척에 놀라 물건 하나 훔치지 못한 채 도망쳤던 것이다. 그런데 침입자는 너무 당황한 나머지 옆에 있던 쇠 주전자를 슌킨의 머리께에 내던지고 도망쳤다. 뜨거운 물이 물보라처럼 사방에 흩날렸고, 이로 인해 하얀 눈이라고 해도 무색할 만큼 탐스럽고 뽀얀 그녀의 뺨에 원망스러운 작은 화상 자국 하나가 남았다. 물론 상처는 옥에 티에 지나지 않으니 원래 꽃같이 아름답고 옥과 같은 그녀의 용모는 변치 않았을 터였다. 하지만 그 이후부터 슌킨은 매우 작은 상처임에도 불구하고 이를 몹시 수치스럽게 여겼다. 결국에는 고급스러운 비단 두건으로 얼굴을 가리고 하루 종일 한곳에 틀어박혀 도무지 사람 앞에 나서지 않았다. 비록 가까운 친척과 문하생이라 할지라도 그녀의 얼굴을 볼 수 없었으니 이런저런 풍문과 억측이 생겨나기에 이르렀다.

계속해서 다음과 같이 기록되어 있다.

경미한 부상으로 천상의 미모를 해하기란 어려운 일이다. 사람 만나기를 기피한 것은 그녀의 결벽 탓이었으며, 대수롭지 않은 상처를 치욕으로 여긴 것은 맹인의 지나친 자격지심이라 하겠다.

그런데 이 무슨 운명이라는 말인가! 그로부터 수십 일이 지나 사스케 역시 백내장을 앓았고, 순식간에 두 눈이 모두 보이지 않게 되었다. 점차 눈앞이 희미해져 물건의 형태를 구별하기 어려워진 사스케는 손의 감각만으로 더듬거리며 슌킨 앞으로 가서 미친 듯이 기뻐하며 "스승님! 소인 사스케, 실명했사옵니다. 앞으로 평생 동안 스승님의 상처는 못 보게 되었사옵니다. 참으로 좋은 시기에 실명하였나이다. 이는 필시 하늘의 뜻일 것이옵니다!"라고 외쳤다. 이 말을 들은 슌킨은 한동안 망연자실했다.

사스케의 충정으로 미루어 보건대 사건의 진상을 차마 밝힐 수는 없었을 것이니 그 사건 전후의 서술은 고의로 왜곡되어 있다고밖에 볼 수 없다. 그가 우연히 백내장에 걸렸다는 사실도 납득이 되지 않았고, 또 슌킨이 아무리 결벽이 심하고 맹인의 자격지심 탓이라 해도 하늘이 내린 미모를 망치지 못할 정도의 화상이었다면 무슨 까닭에 두건으로 얼굴을 가리고 사람 만나기를 꺼려 했을까? 사실은 꽃같이 아름답고 옥과 같은 용모가 비참할 정도로 변했기 때문이었다. 데루 외에도 두세 명의 이야기에 의하면, 침입자는 부엌에 몰래 들어가 불을 피운 후 쇠 주전자에 물을 끓여서 침실로 침입하여 슌킨의 머리 위에 정면으로 끓는 물을 부었다고 한다. 애초부터 그것이 목적이었으니 평범한 도둑도 아니었거니와 당황한 나머지 저지른 소행도 아니었다. 그날 밤 슌킨은 혼절하였다가 다음 날 아침에야 정신을 차렸지만, 화상으로 짓무른 피부가 가라앉아 아물 때까지 두 달 이상을 요하는 심각한 중상이었다. 그런 연유로 그 모습이 얼마나 변했는지를 둘러싸고 별의별 해괴한 소문이 나돌았다. 머리카락이 다 빠져서 왼쪽 절반이 대머리가 됐다는 풍문도 억측이라고만은 치부할 수 없었다. 시력을 잃어버린 사스케는 그 모습을 볼 수 없었겠지만, 전하는 바에 의하면 "비록 가까운 친척과 문하생이라 할지라도 그녀의 얼굴을 볼 수 없었다."라는 사실에는 의문이 남는다. 모든 사람에게 모습을 숨기기란 절대로 불가능한 일이었고, 실제로 가까이 모신 데루 같은 사람이 못 봤을 리가 없었다. 다만 사스케의 뜻을 존중하여 슌킨의 용모에 관한 비밀을 결코 남에게 발설하지 않았던 것 같다. 직접 물어도 보았지만 "사스케는 줄곧 스승님을 아름다운 미모를 가진 분이라고 믿었기에 저도 그렇게 생각하기로 했습니다."라며 더 이상 상세하게 가르쳐 주지 않았다.

23

순킨이 죽고 십여 년이 지난 후, 사스케는 자신이 실명했을 당시의 경위를 가까운 이에게 들려주었고 그로 인해 비로소 당시의 사정이 알려지게 되었다. 즉 괴한에게 습격당하던 날 밤, 평소와 다름없이 순킨의 바로 옆방에서 잠들었던 사스케가 이상한 소리에 깨어 보니 머리맡 등은 꺼져 있고 짙은 어둠 속에서 신음 소리가 들려왔다고 한다. 깜짝 놀란 사스케가 벌떡 일어나 등불을 켜 들고 순킨의 침상으로 달려갔다. 병풍의 금박 무늬가 어스름한 등불에 반사되었고 그 아른거리는 불빛 속에서 방 안을 둘러보았지만 어질러진 흔적은 없었다. 다만 순킨의 머리께에 쇠 주전자가 널브러져 있었고 순킨은 이불 속에 가만히 누워 있었는데 어찌 된 영문인지 끙끙거리며 신음 소리를 내고 있었다. 처음에는 순킨이 가위에 눌렸다고만 생각했다고 한다.

"스승님! 무슨 일이십니까? 스승님!"

머리맡으로 달려가 그녀를 흔들어 깨우려던 순간, 사스

케는 자신도 모르게 "악!" 하고 소리를 지르며 두 눈을 가렸다.

"사스케! 사스케! 내 모습이 이리 흉측해지다니…….
내 얼굴 보지 마!"

순킨은 괴로움에 숨을 헐떡거리며 힘겹게 말을 뱉어
냈다. 극심한 고통에 몸부림치면서도 바둥거리며 양손으로
얼굴을 감추려 애쓰는 모습에 사스케가 대답했다.

"안심하십시오. 얼굴은 보지 않겠습니다. 소인은 이렇
게 눈을 감고 있습니다."

사스케가 등불을 멀리 치우는 소리를 듣고서야 순킨은
마음이 놓였는지 그대로 의식을 잃었다. 하지만 그 후에도
비몽사몽간에 잠꼬대처럼 말을 이었다.

"내 얼굴을 그 누구에게도 보이면 안 된다. 이 일은 반
드시 비밀에 부치도록 하거라!"

"어찌 그리 걱정하십니까? 물집 난 자리가 나으면 금
세 예전의 모습을 되찾으실 것입니다."

"이리 큰 화상을 입었으니 얼굴이 변하지 않을 리 없
다. 그런 위로 따위 안 듣는 것만 못하다. 무엇보다 절대 내
얼굴 보지 말거라!"

사스케가 위로의 말을 건네었지만 순킨은 의식이 돌아
오면서 감정이 한층 격앙되어 갔다. 사스케에게조차 상처를
보여 주기 싫어하였으니 붕대를 새로 갈고 치료를 받을 때
에는 의사를 제외하고 모두 밖으로 내쫓았다. 그러므로 사
스케가 순킨의 얼굴을 본 것은 사고가 있던 날 밤 목격한 것
이 전부였다. 비명 소리에 다급히 침실로 뛰어 들어선 순간,
심한 화상에 짓무른 얼굴을 얼핏 보았을 뿐, 바로 고개를 돌

렸기에 등불의 빛이 흔들거리는 그림자가 만든 뭔가 사람 같지 않은 괴이한 환영을 본 듯한 인상으로만 남아 있었다. 그 후로도 슌킨의 얼굴은 콧구멍과 입만 보일 뿐 늘 붕대로 가려져 있었다. 생각건대 슌킨이 자신의 얼굴을 보이기 두려워했던 만큼 사스케 역시 그 모습을 보지 않으려 애썼던 것이다. 그는 병상에서는 눈을 감거나 시선을 회피했다. 따라서 얼굴에 입은 화상의 차도는 알 리 없었고 그 역시 알려고 하지도 않았다. 정성스레 요양한 덕분인지 어느덧 상처도 점차 나아 가던 어느 날의 일이었다. 하루 종일 홀로 병상을 지키던 사스케에게 갑작스레 슌킨이 참지 못하고 계속 품고 있던 질문을 던졌다.

"너는 내 얼굴을 보았겠구나."

"아니옵니다. 보면 아니 된다 하셨는데 어찌 제가 그 말씀을 어기겠습니까?"

"이제 곧 상처가 아물면 붕대를 풀어야 하고 의사 선생님도 안 오시게 된다. 그리되면 다른 사람은 몰라도 네게만은 이 얼굴을 보여 줄 수밖에 없구나……."

마음이 약해진 탓일까? 그 자존심 강한 슌킨이 예전에는 볼 수 없었던 눈물을 붕대 위로 주루룩 흘리며 거듭 눈물을 닦아 냈다. 사스케도 암담하여 말없이 함께 오열할 뿐이었다.

"알겠습니다. 절대 얼굴을 보지 않도록 하겠습니다. 안심하십시오."

이렇게 말하면서 사스케는 마음속으로 무언가를 다짐한 듯 보였다.

그로부터 며칠이 지난 어느 날 이른 아침이었다. 순킨도 침상에서 일어났고 이제 곧 붕대를 풀 수 있을 정도로 호전된 상태였다. 사스케는 여자 종업원 숙소에 들어가 거울과 바늘을 몰래 자신의 침소로 가져왔다. 이불 위에 정갈히 앉아 거울을 보며 자신의 눈에 바늘을 찔러 넣었다. 바늘로 찌르면 눈이 먼다는 지식이 있었던 게 아니라 되도록이면 고통 없이 쉬운 방법으로 맹인이 되고자 바늘로 왼쪽 눈동자를 찔러 본 것이었다. 제대로 눈동자를 찌르는 것은 쉽지 않았다. 흰자위는 딱딱해서 바늘이 잘 들어가지 않았지만 검은 눈동자는 부드러워서 두세 번 찌르자 손쉽게 들어갔다. 몇 밀리미터 정도 들어갔다고 느낀 순간, 안구 한쪽이 뿌옇게 흐려지며 시력이 사라져 가는 것이 느껴졌다. 출혈도 없었으며 열도 나지 않았고 통증도 거의 느껴지지 않았다. 수정체 조직을 파괴해서 외상성 백내장을 일으킨 것이었다. 이윽고 같은 방법으로 오른쪽 눈도 멀게 하여 순식간에 양쪽 눈을 못 쓰게 만들었다. 그 직후에는 당연히 흐릿하게나마 사물의 형태가 보였겠지만 열흘 정도 지나자 완전히 보이지 않게 되었다고 한다. 그로부터 얼마 지나지 않아 순킨이 완전히 병석에서 일어났을 때였다. 사스케는 손으로 더듬거리며 안방으로 가서는 그녀 앞에 공손히 엎드리며 말했다.

"스승님! 저도 맹인이 되었습니다. 이제 평생 스승님의 얼굴을 뵐 수가 없게 되었습니다."

"사스케! 그게 정말이더냐?"

이 한마디를 끝으로 순킨은 한동안 말없이 깊은 생각에 잠겼다. 사스케는 이 세상에 태어나서 평생 동안 이 침묵의 몇 분간만큼 행복을 느낀 적이 없었다. 그 옛날 다이라노 가게키요(平景清)는 미나모토노 요리토모(源賴朝)의 기량에 탄복하여 복수를 단념하고 이제 다시는 그를 보지 않겠다는 맹세를 하며 두 눈을 도려냈다고 한다. 비록 동기는 다르지만 그 비장함은 똑같았다. 하지만 슌킨이 사스케에게 바란 것이 과연 그런 것이었을까? 일전에 슌킨이 눈물을 흘리며 호소했던 바가, 자신이 이런 재난을 당했으니 사스케 너도 맹인이 되어 주기를 바란다는 뜻이었을까? 슌킨의 심정을 깊이 헤아리기는 어렵겠지만 "사스케! 그게 정말이더냐?"라고 묻는 그 짧은 한마디가 기쁨에 떨고 있는 것처럼 들렸다. 그렇게 아무 말 없이 서로 마주하고 있는 동안 맹인만이 느끼는 육감의 작용이 사스케 안에서 관능의 감각을 싹트게 했다. 그저 감사하다는 생각만 하고 있던 사스케에게 저절로 슌킨의 마음과 통한다는 사실이 느껴졌다. 지금까지 육체적 관계는 있었지만 사제지간이라는 연유로 가로막혀 있던 서로의 마음이 이제야 비로소 하나로 어우러지며 함께 흘러가는 것처럼 느껴졌다. 어렴풋이 어릴 적 깜깜한 벽장 속에서 샤미센 연습을 했을 때의 기억이 떠올랐지만 그때와는 전혀 다른 기분이었다. 무릇 대부분의 맹인은 빛에 대한 방향 감각을 갖고 있기에 깜깜한 암흑세계에 있는 것이 아니라 희미하게나마 빛을 감지할 수 있다. 이제 사스케는 바깥세상을 보는 눈은 잃었지만 그 대신 내면의 눈이 떠진 사실을 통감했다.

'아아! 이것이 진정 스승님이 살고 계신 세상이구나! 이제 비로소 스승님과 같은 세상에서 살아갈 수 있겠구나!'

사스케의 쇠약해진 시력으로는 방의 모양새는 물론이거니와 슌킨의 모습조차 분간할 수 없었다. 그러나 붕대를 감은 그녀의 얼굴만은 희미하게 망막에 아로새겨졌다. 사스케에게는 그것이 붕대를 감은 모습으로 보이지 않았다. 그저 두 달 전 슌킨의 그 얼굴, 신비로운 하얀 살갗에 둥그스름한 그 형태가 마치 몽롱한 빛 속의 석가여래 모습처럼 떠올랐다.

24

순킨이 물었다.

"사스케, 아프지 않았더냐?"

사스케는 순킨의 얼굴이 있다고 여겨지는, 어슴푸레하게 후광이 비치는 쪽으로 실명한 눈을 돌리며 대답했다.

"아니요. 아프지 않았습니다. 스승님이 당하신 그 험한 일에 비하면야 이 정도는 아무것도 아닐 것이옵니다. 그날 밤 몰래 들어온 괴한에게 그 지경을 당하시는 것도 모르고 자고 있었다니, 거듭 생각해 보아도 소인의 불찰입니다. 매일 밤 옆방에서 자게 해 주셨던 것은 그런 때를 대비하신 것인데 그토록 큰 과오를 저질렀으니, 스승님을 고통스럽게 하고서 제가 무사해서야 도무지 죄송한 마음을 금할 길 없었습니다. 벌을 받아 마땅하다는 생각에 '부디 제게도 재난을 내려 주십시오. 이대로는 용서를 구할 길이 없습니다.'라며 신령님께 조석으로 기원하고 간절히 빌었던 효험이 있었는지 고맙게도 소원이 이루어져, 오늘 아침에 일어나 보니 이렇게 두 눈이 멀어 있었습니다. 필시 신령님께서도 제 뜻을 가엾게 여기셔서 소원을 들어주셨을 것이옵니다. 스승님, 스승님, 제게는 스승님의 변하신 모습이 보이지 않습니다. 보이는 것은 오로지 30년 동안 눈 속 깊은 곳에 아로새겨져 있는 그 아리따운 얼굴뿐이옵니다. 부디 이제까지 해오셨던 대로 마음 푹 놓으시고 저를 곁에 두고 일을 시켜 주십시오. 다만 갑자기 눈이 멀어 슬프게도 거동이 예전과 같지 않으니 시중드는 게 위태롭게 느껴지실지도 모르겠습니다. 그렇다 하여도 스승님의 시중만은 절대로 남의 손을 빌리지 않도록 하겠습니다.”

　“기특하게도 그런 결심을 해 주다니 내 마음이 기쁘구나. 대체 누구의 원한을 사서 이 지경을 당했는지 알 수 없지만, 이제야 내 진심을 털어놓자면 다른 사람에게는 지금의 모습을 보여 줄지라도 네게만은 보이고 싶지 않았다. 그런 내 마음을 용하게 잘 헤아려 주었구나.”

　“아……. 정말 감사하옵니다. 그렇게 말씀해 주시니 두 눈을 잃은 것과는 비교할 수 없을 만큼 기쁘옵니다. 스승님과 저를 비탄에 빠트려 불행한 삶을 살게 하려는 녀석이 누군지는 모르겠으나 스승님의 얼굴을 망가트려 저를 고통스럽게 하려 했다면 그 모습을 제가 보지 않으면 그만이옵니다. 저만 스승님을 보지 않는다면 그 사고는 없었던 일과 마찬가지입니다. 애써 짜낸 흉계가 물거품이 되어 버린 것이지요. 필시 녀석도 예상하지 못했을 것이옵니다. 저는 지금 불행하기는커녕 더할 나위 없이 행복합니다. 비겁한 녀석의 허를 찔러 한 방 먹여 줬다고 생각하니 속이 다 후련해집니다.”

"사스케, 더 이상 아무 말도 하지 말거라."

스승과 제자, 두 맹인은 서로 부둥켜안고 울었다.

25

사고 이후 전화위복이 된 두 사람의 생활을 가장 잘 아는 생존자는 오직 데루뿐이었다. 데루는 올해 일흔하나로, 슌킨의 집에 입주 제자로 들어와 살게 된 것은 메이지 7년 (1874), 열두 살 때였다. 그녀는 사스케에게 칠현금과 샤미센을 배우는 한편, 길잡이는 아니지만 두 맹인 사이를 이어 주는 일종의 연락책을 도맡았다. 한 사람은 졸지에 맹인이 되었고, 또 한 사람은 어렸을 때부터 맹인이었다고는 하나 젓가락을 들고 놓는 것조차 스스로 하지 않는 사치에 길든 여인이라서 반드시 그런 역할을 해 줄 제삼자가 필요했다. 그래서 되도록 편하게 부릴 수 있는 소녀를 고용했고 정직함과 성실함으로 두 사람의 신임을 크게 얻은 데루는 오랫동안 시중을 들었다. 그녀는 슌킨이 죽은 후에도 사스케가 검교의 지위를 얻은 메이지 23년(1890)까지 곁에서 그를 모셨다고 한다. 데루가 처음 슌킨의 집에 왔을 당시 슌킨은 이미 마흔여섯, 사고를 당한지도 아홉 해가 흘러 이제는 중년의 자태가 완연했다. 어떠한 연유에서인지 슌킨은 다른 사람에게는 얼굴을 보여 주지 않았다고 했다. 아니 보아서는 안 된다고 들었다. 슌킨은 무늬가 있는 비단옷을 걸치고 두툼한 방석에 앉아 연노란빛이 감도는 쥐색 비단 베일로 코의 일부만 보일 정도로 얼굴을 감쌌는데 그 끝자락이 눈 위를 타고 내려와 뺨과 입도 보이지 않았다.

사스케가 자신의 눈을 찔렀을 당시 그는 마흔하나였다. 중년에 이르러 실명이 되었으니 너무나도 불편했을 터인데도 슌킨이 필요로 할 때마다 늘 세심하게 마음을 써 조금이라도 불편함이 없도록 애쓰는 모습은 곁에서 지켜보는 이마저 애처롭게 했다. 슌킨 역시 다른 사람의 도움은 내켜 하지 않았다. 자신을 돌보는 일은 맹인이 아닌 사람은 감당할 수 없고 오랜 세월 익숙하게 해 온 사스케가 가장 잘 안다며 옷 입는 것부터 목욕, 안마, 측간 가는 일까지 늘 사스케를 번거롭게 했다. 그렇다 보니 데루는 슌킨보다 오히려 사스케를 돌보는 역할을 주로 맡게 되었고 슌킨을 가까이 모신 적은 거의 없었다. 오로지 슌킨의 식사 수발을 들 때만은 데루의 도움이 필요했고, 그 외에는 단지 사용할 물건을 들어 나르는 등 사스케의 일을 간접적으로 돕는 역할이었다. 예컨대 목욕할 때에는 욕실 문 앞까지 둘을 안내하고 물러나 있다가 손뼉 치는 소리에 욕실로 가면 이미 슌킨은 목욕을 끝내고 유카타 차림에 얼굴을 가리고 있었다. 사스케 혼자서 목욕 수발을 감당한 것이었다. 맹인은 맹인의 몸을 어떤 식으로 씻겨 주는 것일까? 예전에 슌킨이 손가락 끝으로 오래된 매화나무 가지를 쓰다듬었던 방식이었겠지만 힘든 일임에는 틀림없었다. 매사가 그런 식으로 이루어졌으니 너무 복잡하여 보통 사람은 참고 볼 수 없을 지경이었다. 분명 맹인의 능력으로는 쉽사리 해낼 수 없는 일이겠지만 두 사람은 오히려 그 상황을 즐기듯 아무런 말도 없이 은근한 애정을 나누고 있었다.

추측건대 시각을 잃어버린 사랑하는 남녀가 즐기는 촉각의 세계는 우리의 상상이 도저히 허용되지 않는 또 다른 차원이리라. 그러므로 사스케가 헌신적으로 슌킨을 모시고, 슌킨 또한 기꺼이 그 봉사를 요구하며 서로가 싫증 내지 않았던 것도 의아스러워할 것이 못 된다. 게다가 사스케는 슌킨을 보살피는 틈틈이 많은 제자를 가르쳤다. 당시 슌킨은 방에 틀어박힌 채 꼼짝 않고 지내기만 했다. 사스케에게 긴다이라는 호를 내린 후 문하생들의 교습을 전부 물려주었다. 간판에도 모즈야 슌킨의 이름 옆에 조그맣게 '긴다이'라는 이름을 새겨서 내걸게 했다. 사스케의 충절과 온화함은 이웃의 동정심을 불러 모았으니 슌킨이 가르칠 때보다 더 많은 문하생들로 붐볐다. 흥미로운 사실은 사스케가 제자들을 가르치는 동안 혼자 안채에 남아 있으면서 휘파람새 소리에 심취해 있던 슌킨이 때때로 사스케의 손을 빌려야만 하는 상황이 되면 한창 수업 중이라 해도 "사스케! 사스케!" 하며 불러 댄다는 것이었다. 그러면 사스케는 만사를 제쳐 놓고 부리나케 안채로 달려갔다. 사정이 이러했기에 슌킨의 신변을 걱정한 사스케도 출장 교습은 하지 않고 오로지 집에서만 제자를 가르쳤다. 이쯤에서 한마디 덧붙이자면 그 무렵 도쇼마치에 있는 슌킨의 본가는 그 가세가 점차 기울어 다달이 보내 주던 생활비도 끊어지기 일쑤였다. 만약 그런 사정이 아니었다면 사스케가 어째서 문하생을 가르쳤겠는가? 문하생을 가르치는 그 바쁜 와중에 틈틈이 슌킨에게 달려가 그녀를 보살피는 한편, 슌킨이 기르는 새도 훈련시켰으니 스스로도 제정신이 아니었을 것이다. 슌킨 또한 같은 생각에 마음이 괴로웠으리라.

  스승의 대를 이어 미력하지만 일가의 생계를 꾸려 왔던 사스케가 어째서 슌킨과 정식으로 결혼하지 않았을까? 여전히 슌킨의 자존심이 그것을 용납하지 않았던 것일까? 사스케에게 직접 이야기를 들은 데루의 말을 인용해 보기로 하자.

  슌킨은 점점 기가 꺾여 갔고 사스케는 이러한 슌킨을 보기가 애처로웠다. 하지만 슌킨을 가엾고 불쌍한 여자라 여길 수 없었다고 한다. 분명 맹인인 사스케는 현실의 눈을 감아 버리고 영원히 변하지 않는 관념의 세계로 넘어갔던 것이다. 그의 시야에는 과거로 기억되는 세계만이 존재했다. 만약 슌킨이 재앙으로 인해 성격이 변해 버렸다면 그 사람은 더 이상 슌킨이 아니었다. 사스케는 어디까지나 과거의 교만한 슌킨만을 기억했다. 그렇게 하지 않으면 지금도 그가 바라보고 있는 슌킨의 아름다움이 파괴되어 버리기 때문이었다. 이런 점에서 볼 때 결혼을 원하지 않는 이유는 오히려 사스케 쪽에 있었던 것 같다. 사스케는 현실의 슌킨을 매개로 삼아 관념의 슌킨을 환생시켰기에 대등한 관계를 피하고 주종의 예의를 지켰다. 더구나 예전보다 한층 더 자신을 낮추어 지극정성으로 섬김으로써 조금이라도 빨리 슌킨이 불행을 잊고 예전의 자신감을 되찾도록 애썼다. 또한 여전히 변함없는 박봉에 만족하며 허름한 옷에 변변찮은 식사를 했고 버는 돈은 모두 슌킨을 위해 사용하였다. 그 외에도 사스케는 고용인을 줄이고 여러모로 절약을 하며 살림 규모를 줄여 나가면서도 슌킨을 위한 일이라면 무엇 하나 부족함 없이 해 나갔기에 그의 노고는 맹인이 되고 나서 이전보다 갑절로 늘어났다. 데루의 말에 의하면 당시 문하생들이 사스케의 옷차림이 너무 허름한 것을 딱히 여겨 이제는 차림새를 조금 갖추도록 조언하였으나 귀담아듣지 않았다고 한다. 그리고 사스케는 문하생들이 자신을 "스승님."이라 부르지 못하게 하였고 "사스케 씨."라는 호칭을 쓰게 했다. 모두 난처해하며 되도록 호칭을 쓰지 않고 넘어가도록 늘 신경을 썼는데 데루만은 사정상 그리할 수 없어서 항상 슌킨을 "스승님."이라 부르고 사스케를 "사스케 씨."라고 불렀다. 슌킨이 세상을 뜬 후에도 돌아가신 스승님의 추억에 푹 잠겨 이야기를 나눌 수 있던 상대가 데루뿐이었던 것은 그런 관계가 있었기 때문이다. 그 뒤로 사스케는 검교가 되었고 이제는 누구나가 거리낌 없이 "스승님."이라 불렀으며 "긴다이 선생님."이라고 불리는 자리에 올랐지만, 여전히 데루에게는 "사스케 씨."라고 불리는 것을 달가워하며 "선생님."이라 부르지 못하게 했다. 사스케는 예전에 이렇게 말했다고 한다.

"누구나 눈이 먼 것을 불행하다 여기겠지만 나는 맹인

이 되고 한 번도 그런 감정을 겪지 못하였단다. 도리어 이 세상이 극락정토라 느꼈지. 스승님과 나, 오로지 두 사람이 살아가면서 죽어야만 당도하는 극락정토의 연화대 위에 사는 기분이었다. 눈이 멀고 나니 예전에는 보이지 않던 많은 것이 보이게 되더구나. 스승님의 얼굴 역시 그러하단다. 그 아름다움을 절절히 느끼게 된 것은 맹인이 되고 나서란다. 그리고 부드러운 손발, 매끈한 피부, 아름다운 목소리도 진정으로 알 수 있었다. 눈이 보였을 때는 어째서 이렇게까지 느끼지 못했을까 의아스러울 정도였지. 더구나 실명한 후에야 스승님의 절묘한 샤미센 선율을 비로소 충분히 음미할 수 있었다. 입으로는 줄곧 스승님이야말로 이 분야의 천재라며 칭송했지만 그제야 겨우 그 진가를 알게 되었으니 미숙한 내 기량과 너무나도 현격한 차이가 있음에 놀라움을 감추지 못했다. 이제껏 그 사실을 깨닫지 못했다니 이 얼마나 송구스러운 일인지……. 내 어리석음을 반성하게 되었단다. 신께서 다시 앞을 보게 해 주신다고 해도 거절했을 게야. 스승님과 나는 맹인이었기에 앞이 보이는 사람이 모르는 행복을 맛볼 수가 있었단다."

사스케의 이야기는 오롯이 주관적인 설명에 불과했으니 객관적으로 어디까지 일치할지 의문이 남지만, 다른 사실은 몰라도 슌킨에게 닥친 사고가 하나의 전환점이 되어 그녀의 기예가 월등한 경지에 오른 것은 아닐까? 제아무리 음곡에 타고난 재능을 가졌다 하더라도 쓰디쓴 인생을 경험해 보지 않으면 예도의 궁극적인 진리를 깨닫기는 어렵다. 그녀는 원래 응석받이로 자랐기에 타인에게 가혹하게 굴었지만 정작 본인은 고생도 굴욕도 몰랐고 아무도 그녀의 거만한 콧대를 꺾지 못했다. 그리하여 하늘이 통렬한 시련을 내려 생사의 벼랑 끝에서 방황하게 하였고 교만하게 굴었던 그녀를 산산조각 내 버렸다. 생각해 보면 그녀의 용모를 손상시킨 사고는 여러 의미에서 좋은 약이 되었으며, 연애와 예술의 길에 예전에는 상상도 못 했던 이와 같은 몰두의 경지가 있다는 사실을 알려 주었던 것이다. 데루는 이따금 슌킨이 무료한 시간을 달래려고 홀로 샤미센 뜯는 소리를 듣곤 했다. 그 옆에는 넋을 잃은 사스케가 고개를 숙인 채 열심히 귀를 기울이고 있었다. 그리고 많은 제자들은 안채에서 들려오는 빼어나게 정교한 그 음률을 의아해하며, "저 샤미센에는 무슨 장치라도 되어 있나?" 하고 중얼거렸다고 한다. 이 시기에 슌킨은 현악기 연주의 기교뿐만 아니라 작곡에도 몰두하여, 밤중에 남몰래 손끝으로 줄을 튕겨 가며 가락을 만들었다. 데루의 기억으로는 「춘앵전」과 「여섯 송이 꽃」두 곡이라 하는데, 일전에 들어 보니 독창성이 풍부해서 작곡가로서의 타고난 재능을 엿보기에 충분했다.

27

    슌킨은 메이지 19년 6월 초순부터 병을 앓기 시작했는데 발병하기 며칠 전에 사스케와 함께 안뜰에서 기르고 있던 종달새를 새장에서 꺼내 하늘로 날렸다. 데루가 보았더니 맹인 사제 간에 손을 맞잡고 하늘을 올려다보며 저 멀리에서 들려오는 종달새 노랫소리를 듣고 있었다. 종달새는 끊임없이 지저귀며 높이, 더 높이 구름 사이로 들어갔지만 아무리 기다려도 내려오지 않았다. 돌아오는 시간이 너무 늦어지자 두 사람은 애를 태우며 한 시간 이상을 기다려 봤지만 종달새는 끝끝내 새장으로 돌아오지 않았다. 이때부터 슌킨은 매사에 즐거운 줄 모르고 우울해하더니 얼마 안 되어 각기병에 걸렸고 가을이 되자 중태에 빠져 결국 10월 14일에 심장 마비로 세상을 떠나고 말았다.

    슌킨이 죽은 후에도 '3대 천상의 북'은 살아 있었다. 사스케는 오랫동안 슬픔에 빠져 '천상의 북'이 지저귀는 소리를 들을 때마다 눈물을 흘렸다. 틈만 나면 불전에 향을 피웠고 어떤 때는 칠현금으로, 어떤 때는 샤미센으로 「춘앵전」
을 연주했다. "아름답게 지저귀는 저 꾀꼬리, 우거진 숲속
에 머물러 있구나!"라는 가사로 시작하는 이 곡은 슌킨의
대표작으로 그녀가 심혈을 기울여 만든 곡이리라. 가사 부
분은 짧았지만 간주 부분이 매우 복잡했는데 '천상의 북'이
우는 소리를 들으며 이 곡의 구상을 얻었다고 한다. 간주의
선율은 꾀꼬리의 얼어붙은 눈물과 깊은 산중에 막 녹아내리
기 시작한 눈으로 물든 초봄, 불어난 시냇물의 졸졸 흐르는
소리, 솔바람의 울림, 샛바람 소식, 산과 들에 핀 봄 안개, 매
화 향기와 꽃구름 등 각양각색의 경치로 사람을 홀리고, 이
골짜기에서 저 골짜기로, 꽃가지 사이사이로 이리저리 옮겨
다니며 우는 새의 마음을 은연중에 노래하고 있었다. 생전
에 그녀가 이 곡을 연주하면 '천상의 북'도 희희낙락거리며
목청껏 소리 높여 현의 음색과 재주를 겨루었다고 한다. '천
상의 북'은 이 곡을 듣고 태어난 고향 계곡을 떠올리며 드넓
게 펼쳐진 천지의 햇빛을 즐기며 날아다녔을 테지만 「춘앵
전」을 연주하는 사스케의 영혼은 어디로 내달려 갔을까? 촉
각의 세계를 매개로 관념의 슌킨만을 응시해 온 사스케는
그 부족함을 청각으로 채웠던 것일까? 사람은 기억을 잃지
않는 한 꿈을 통해 죽은 이를 볼 수 있다. 하지만 살아 있는
이를 꿈으로만 보았던 사스케는 어떠했을까? 그는 언제 두
사람이 사별하게 되었는지, 그 시기를 정확하게 가늠하지
못했을 것이다.

　　덧붙여 두 사람 사이에는 앞서 기록한 자식 외에도 2남
1녀가 더 있었다. 딸은 태어나자마자 죽었고, 아들은 둘 다

젖먹이 때 가와치의 농가에 맡겨졌다. 그러나 슌킨이 죽은 이후에도 사스케는 남겨진 아이들에게는 미련이 없었는지 데려오려 하지도 않았고, 아이들 또한 맹인 아버지에게 돌아가기를 꺼려 했다. 그리하여 사스케는 노년에 이르러 대를 이을 자식도, 아내도 없이 문하생들의 간호를 받으면서 메이지 40년 10월 14일, 여든세 살의 고령으로 슌킨과 같은 날 세상을 떠났다. 짐작건대 21년이나 고독하게 살아가는 동안, 사스케는 살아 있던 슌킨과는 완전히 다른 슌킨을 만들어 냈고, 마침내 선명하게 그 모습을 보았을 것이다. 교토의 사찰 덴류지(天竜寺)의 가잔(峩山) 스님이 사스케가 스스로 눈을 찌른 이야기를 듣고서는 극히 짧은 시간에 세상만사를 판가름하고 추함을 아름다움으로 승화시킨 그 깨달음을 칭찬하며 달인의 경지에 도달했다고 평했다고 한다. 독자 여러분께서도 그 뜻에 동의하시는지…….

다니자키의 소설 미학,
'구조적 아름다움'을 극대화한 작품

"다만 탄식할 뿐 더 이상 할 말이 없는 명작."

일본 최초의 노벨문학상 수상자, 가와바타 야스나리(川端康成)가 다니자키 준이치로(이후 다니자키)의 작품 『순킨 이야기(春琴抄)』를 평가한 말이다. 일본의 아름다움을 그리기 위해 헌신해 온 문학가에게 그 어떤 표현도 떠오르지 않게 하며 그저 탄식만 하게 한 작품, 그 정도로 신선한 발상과 응집된 미적 표현, 치밀한 구성을 자랑하는 것이 바로 다니자키의 대표작이자 일본적 아름다움과 고전적 에로티시즘이 극치를 이룬 탐미주의적 작품 『순킨 이야기』다.

앞서 『소년』의 작품 해제에서도 노벨 문학상에 얽힌 내용을 언급했지만, 유명한 번역가 사이덴스티커의 말처럼 다니자키가 살아 있었더라면 일본 최초의 노벨 문학상 수상자가 되었을지도 모른다. 다니자키는 죽을 때까지, 1958년부터 네 차례 연속 노벨 문학상 수상자 후보로 거론되었지만 1965년에 심장 마비로 유명을 달리했다. 마침내 1968 년, 일본 최초의 노벨 문학상 수상의 영광은 가와바타 야스 나리에게 돌아갔다.

다니자키는 등단 시기부터 탐미주의, 예술 지상주의, 악마주의를 표방하는 천재 신인 작가로 평가되었고 모든 이의 주목을 이끌어 냈다. 언뜻 생각해 보면, 마성을 지닌 주인 공을 중심에 내세우고 그 아름다움을 탐하고 예술을 사랑하는 과정을 서술해 내는 경향의 작품을 써내는 일이 뭐 그리 대수냐고 여길 수도 있다. 하지만 다니자키가 문단에 등장했을 때만 해도 새로운 성향의 작품을 발표하는 게 쉽지 않았고, 그런 분위기가 문단에 화석처럼 굳어 있었다. 그 장벽은 바로 '자연주의 문학'이 만들어 낸 거대한 흐름이었다.

자연주의 문학은 본래 프랑스에서 발흥한 문예 사조인데, 기존의 생(生)을 찬미하는 낭만주의에 대한 대응으로서 등장하였다. 이를테면 현실의 어두운 면과 밝은 면 모두를 꾸밈없이, 객관적이고 과학적인 방식으로 그려 내려는 시도였다. 그러나 자연주의 문학은 일본에 들어오면서 그곳 풍토에 맞게 '일본화'되었고, 개인의 경험에 국한하여 자신을 있는 그대로 드러내려는 문학적 성향을 띠게 되었다. 이윽고 작가들은 자신의 경험을 '고백'하거나 '폭로'하는 문단의 큰 흐름 속에 동조하면서 지극히 일본적인, 이른바 '사소설(私小說)'이라 하는 '자기화'된, 또는 작가 자신을 직접 주인공으로 내세우는 일군의 소설을 발표하였다. 결국 그 누구도 자연주의 문학에 거역할 수 없는 상황에 이르고 만다. 그런 와중에 개인의 경험이 아닌, 작가가 의도적으로 꾸며

낸 스토리텔링성이 강하며 아름다움을 추앙하는 탐미적 성향의 작품을, 더구나 신예 작가가 문단에 내놓은 것이었다. 바로 1910년에 발표한 작품 「문신(刺青)」으로 다니자키는 문단의 총아가 되었고, 화석화된 문학계에 그야말로 새로운 바람을 불어넣었다.

자연주의의 대표 작가 나가이 가후(永井荷風)는 그의 작품을 격찬하며 당시 일본 문단의 사소설적 질곡에서 예술다운 예술을 일궈 낸 작가로서 다니자키를 자리매김한다. 구체적으로는 다니자키 소설의 "육체적인 공포에서 우러나오는 신비함과 그윽한 미묘함", "완전히 도회적"이며 "완벽한 문장"을 높이 평가한 것이었다. 다른 무엇보다 놀라운 점은 데뷔작으로 받은 평가, 즉 이러한 문학적 성향을 다니자키는 50년 넘는 집필 기간 동안 계속 유지해 왔다는 사실이다. 즉 가학과 피학의 세련된 구도와 섬세한 문장 표현, 그리고 무엇보다 인간의 육체와 그 아름다움을 신비로 극대화한 문학적 상상력으로 다니자키의 문학은 큰 진폭을 품은 채 일본 문학사에 독보적 궤적을 만들어 냈다.

이와 같은 다니자키 문학론의 일면을 엿볼 수 있는 예가 바로 아쿠타가와 류노스케(芥川龍之介)와의 문예론 논쟁이다. 아쿠타가와는 "예술의 가치는 예술 그 자체에 있으며 줄거리보다는 시적 정신이 중요하다."라고 주장했으나 다니자키는 "중요한 것은 줄거리며 소설의 재미는 '구조적 아름다움'에 있다."라고 주장하였다. 즉 이 발언에서 우리는 다니자키가 소설에서 줄거리를 가장 중시했으며, 그 줄거리를 자아내는 과정에서 최대한 구조적 아름다움을 기해야 한다는 그의 문학적 면모를 확인해 볼 수 있다.

그렇다면 풍성한 스토리성과 구조적 아름다움을 지닌 다니자키의 대표작으로 과연 어떤 작품을 손꼽을 수 있을까? 50년 이상 지속된 다니자키의 방대한 문학 편력 중에서 구조적 아름다움이 최대화된 작품을 고르라 하면 바로『슌킨 이야기』가 아닐까 한다. 앞서 가와바타에게서 탄식만을 이끌어 낸 작품이라는 평가 외에도 일반적으로『슌킨 이야기』는 다니자키의 최고 걸작으로 거론될 뿐 아니라, 유명한 문학 평론가 나카무라 미쓰오(中村光夫)에 의해 "일본 근대 소설 중 열 편의 걸작을 꼽으라면 반드시 들어가야 할 작품"으로 평가받기도 했는데, 어쩌면 이것 또한 하나의 방증일 수 있겠다. 이제 그 이야기 속으로 들어가서 직접 확인해 보자.

『슌킨 이야기』가 갖는 가장 두드러진 구조적 특징은 두 가지 이야기가 서로 얽혀서 하나의 스토리로 결부돼 진행된다는 점이다. 하나의 이야기는 슌킨과 사스케의 만남, 그리고 두 사람의 성장 과정과 일생이라는 스토리며, 또 다른 이야기는 그 내용을 담은『모즈야 슌킨전』이라는 가공의 책자를 접한 화자가 작가적 시점에서 원래의 이야기를 추론해 가는 과정의 스토리다. 마치 액자 소설 같은 형식이지만 그 대상이 동일하다는 측면에서 단지 형식만을 빌렸을 뿐, 구조적 장치를 극대화함으로써 극적 스토리성을 부각시킨다. 즉 슌킨과 사스케의 이야기를 씨실로서 중심축에 두고 곳곳에 화자가 등장하여『모즈야 슌킨전』을 날실로 엮어 가며 사실성을 담보한다. 이로써 아름다운 스토리성을 극대화하는 것이다. 이 같은 형식은 다니자키가 소설을 구상할 당시부터 의도했던 바였다고 한다. 그의 말을 빌리자면 "어떤 형식을 취하면 사실성을 담보하여 전달할 수 있을까, 라는 그 한 가지 질문만을 염두에 두었다."라는 것이다.

작품은 오사카 이쿠타마 신사 근처에 있는 슌킨과 사스케의 묘역을 찾아간 화자의 시점에서 시작한다. 어렵사리 찾아낸 슌킨과 그 제자 사스케 묘지의 두 비석은 나란히 있지만, 슌킨의 무덤 위 소나무 가지 끝에서 한 걸음 떨어진 곳에 마련된 사스케의 무덤은 "흡사 주인을 황송하게 받들어 모시는 것"처럼 자리 잡고 있다. 그 모습을 본 화자는 생전에 사스케가 스승 슌킨을 그림자처럼 따라다니며 충실히 수행했던 때를 그리워하며 "묘비 속에 영혼으로 남아 지금도 여전히 행복을 만끽하고 있는 것"만 같다고 느낀다. 사실상 부부였지만 그 사실을 평생 가슴에 묻어 둔 채, 스승과 제자로서 또한 주인과 하인으로서 온몸과 정성을 다해 슌킨에게 헌신한 사스케의 일생은 죽어서도 '행복'한 영혼으로 존재한다는 사실을 각인시키며 이야기를 전개해 가는 것이다.

작품의 주인공 슌킨은 오사카 약재상 가문의 딸로 "용모가 단아하고 수려하여 그 고상함에 견줄 자가 없을 정도"로 빼어난 미모를 지녔는데, 아홉 살에 실명하여 맹인이 되자 그때까지 즐겨 하던 춤을 단념하고 "오로지 칠현금과 샤미센 연습에 힘쓰며 음악의 길에 뜻을 품기에" 이른다. 그녀의 음악적 재능은 뛰어나서, 열다섯 때 이미 "동문 제자중 그녀에 비견될 만한 실력을 가진 이는 단 한 명도 없을" 정도다. 슌킨은 샤미센 연습을 하러 다닐 때마다 사환의 손에 의지해야 했는데, 그가 바로 훗날 부부의 연을 맺게 될 사스케다. 그는 슌킨의 "형용할 수 없는 기품에 완전히 마음을 빼앗"기고, 결국 그녀의 수족이 되어 항상 그 곁을 지킨다. 슌킨의 혹독함과 심술궂음마저 "일종의 은총"으로까지 여기며 그녀를 닮고자 하는 마음에 홀로 남몰래 샤미센을 연습하다가 어느 날 발각되어 결국에는 슌킨에게 교습을 받게 된다. 주종 관계의 두 사람이 사제 관계로 변화하는 국면을 맞이하게 된 것이다.

그러다 슌킨이 열일곱, 사스케가 스물하나에 이른 어느 날, 슌킨은 출산을 하게 되고 "갓난아기 얼굴이 사스케를 쏙 빼닮아" 모든 의문이 풀렸음에도 슌킨은 둘 사이를 부인하고 두 사람은 표면적으로 주종 관계만을 유지한다.

슌킨은 스무 살 되던 해에 독립을 하고, 그때 사스케도 함께 집을 나와 그림자처럼 그녀를 보필한다. 슌킨은 여전히 "지독하리만치 주종 간의 예의, 사제 간의 구별을 엄격하게" 두지만 사스케는 이에 아랑곳하지 않고 스스로를 낮추며 지극정성으로 그녀를 돌볼 뿐이다. 음악가로서 슌킨의 실력이 점차 성장하는 만큼 그녀의 사치스러움과 오만함도 더욱 커져만 간다. 사스케는 그 모든 시중을 도맡아 하며 어떤 불만도 표출하지 않고, 다만 그녀의 아름다움을 숭배하고 상찬할 뿐이다. 그녀 사후에 "스승님의 발뒤꿈치는 내 볼보다 더 매끈거리고 부드러웠어."라고 되뇌는 늙은 사스케의 모습을 묘사하며 화자는 두 사람의 '밀접한 관계'가 이 모든 사건의 원동력이었음을 유추해 볼 따름이다.

휘파람새와 종달새를 키우는 극도의 사치를 부리며 생활하던 슌킨의 미모는 한층 광채를 더해 갔는데 "요염하다

못해 농염한 그녀의 자태와 기품에 놀라지 않는 자가 없을" 정도이던 어느 날, 정체불명의 괴한이 침입하여 슌킨의 얼굴에 뜨거운 물을 부어 화상을 입히는 사건이 일어난다. 깊은 화상으로 혼절했다가 깨어난 슌킨이 다른 말은 다 제쳐 두고 갑작스럽게 던진 질문은 바로 "너는 내 얼굴을 보았겠구나."라는 한마디였다. 그 말에 앞으로 "절대 얼굴을 보지 않겠다."라고 대답한 사스케는 스스로 자신의 눈을 바늘로 찔러 실명하고, 그 뒤 맹인이 되었다는 사실을 슌킨에게 전한다. 슌킨은 "한동안 말없이 깊은 생각에 잠기"었고, 사스케는 이 세상에 태어나서 평생 동안 "이 침묵의 몇 분간만큼 행복을 느낀 적이 없었다."라고 한다. 아무 말 없이 서로 마주한 그 몇 분의 시간이 두 맹인만이 느낄 수 있는 "관능의 감각을 사스케 안에서 싹트게" 했으며 비로소 두 사람이 하나 된 감정을 느끼게 된 것이었다. 작품 속에서 두 사람은 이때 처음으로 "서로 부둥켜안고" 눈물 흘리는 장면을 연출한다.

맹인이 된 사스케는 과거의 "교만한 슌킨만을 기억"하며 그녀를 화석화하는데 그것은 슌킨의 아름다움을 파괴하지 않으려는 행동이었다. 작품 속의 서술처럼 사스케는 현실의 슌킨을 매개로 삼아 "관념의 슌킨을 환생시킬" 것이었으며, 훗날 모두 맹인이 된 두 사람의 세상을 "죽어야만 당도하는 극락정토의 연화대 위에 사는 기분"으로 승화한 것이었다. 슌킨의 아름다움은 절대적인 것이고, 그 관념의 세계는 실명으로 인해 견고하게 유지되며, 그 아름다움은 극대화되어 갈 뿐이다.

슌킨이 세상을 떠난 때는 1886년 10월 14일이고, 21

년이 지난 1907년 같은 날에 사스케도 유명을 달리한다. 그로써 두 사람의 일생은 작품을 통해 마무리되며 두 사람의 묘역을 찾은 화자에게로 다시 시선이 돌아온다.

화자는 사스케가 홀로 살아가는 동안 『모즈야 슌킨전』을 집필했으며 "살아 있던 슌킨과는 완전히 다른 슌킨을 만들어" 냈다고 피력한다. 이는 작품 구조가 순환적이며 상승적이고 극대화되는 아름다움 속에 놓여 있음을 방증하는 것이다. 즉 '슌킨과 사스케의 일생'이 '『모즈야 슌킨전』'을 만들어 냈고, '『모즈야 슌킨전』'이 '화자의 시선'을 이끌어 냈으며, '화자의 시선'이 다시 '슌킨과 사스케의 일생'을 재편집하여 완전히 다른 두 사람을 창조해 내어 작품 속에 환생시켰다는 말이다. 그 순환적 구조 속에서 인물과 이야기의 아름다움은 극대화되고, 문장은 치밀해졌으며 리얼리티는 견고해져 간다.

『슌킨 이야기』 속에는 인물의 심리 묘사가 등장하지 않는다. 그에 대해 다니자키는 "심리를 묘사할 필요가 무엇이 있겠는가? 그 정도면 이해할 수 있지 않겠느냐?"라고 항변하고 싶다 말했다는데, 이제 그 이유를 충분히 이해할 수 있을 것 같다. 이토록 치밀한 구조 속에서 뚜렷한 인물상이 부각되는 비사실적인 사실성은 극찬받아 마땅할 터다. 문학가 히나쓰 고노스케(日夏耿之助) 역시 『슌킨 이야기』를 다니자키 문학의 여러 가지 요소, 즉 "여성 숭배, 육체적인 사랑, 사디즘과 마조히즘, 예술 지상주의"가 모두 결합된 작품이라 평하며, 이를 "일본적인 고전 기법으로 완벽하게 묘사"해 냈다고 상찬한다. 가히 다니자키 문학의 집대성이라 평가될 만하다. 특히나 다니자키의 소설 미학인 '구조적 아름다움'이 극대화된 아름다운 소설이라 할 것이다. 소설을 읽으면서 작품의 마지막 부분을 장식한 가잔 스님의 말처럼 "추함을 아름다움으로 승화한 그 깨달음"을 여러분도 분명 느낄 수 있으리라.

2018년 여름
대표 옮긴이 박연정

연보

1886년(1세)　도쿄 시에서 아버지 구라고로(倉吾郞), 어머니 세키 (関)의 차남으로 출생한다.

1892년(7세)　사카모토 소학교(阪本小學校)에 입학하지만 학교 에 가기를 싫어해서 2학기에 변칙 입학한다.

1897년(12세)　2월 사카모토 심상 고등소학교 심상과(尋常科) 4학년 을 졸업하고, 4월 사카모토 소학교 고등과로 진급한다.

1901년(16세)　3월 사카모토 소학교를 졸업하고, 4월 부립 제일 중학교(府立第一中學校)에 입학(현재는 히비야 고등 학교)한다.

1905년(20세)　3월 부립 제일 중학교를 졸업하고, 9월 제일 고등 학교 영법과 문과(英法科文科)에 입학한다.

1908년(23세)　7월 제일 고등학교 졸업하고, 9월 도쿄 제국 대학 국문학과에 입학한다.

1910년(25세)　4월《미타 문학(三田文学)》을 창간하고, 반자연주의 문학의 기운이 고조되는 가운데 오사나이 가오루

(小山内薫) 등과 2차 《신사조(新思潮)》를 창간한다. 대표작 「문신(刺青)」, 「기린(麒麟)」을 발표한다.

1911년(26세) 「소년(少年)」, 「호칸(幇間)」을 발표하지만 《신사조》는 폐간되고 수업료 체납으로 퇴학당한다. 작품이 나가이 가후(永井荷風)에게 격찬받으며 문단에서 지위를 확립한다.

1915년(30세) 5월 이시카와 지요(石川千代)와 결혼하고, 「오쓰야 살해(お艶殺し)」, 희곡 「호조지 이야기(法成寺物語)」, 「오사이와 미노스케(お才と巳之介)」 등을 발표한다.

1916년(31세) 3월 장녀 아유코(鮎子) 출생, 「신동(神童)」을 발표한다.

1917년(32세) 5월 어머니가 병사하고, 아내와 딸을 본가에 맡긴다. 「인어의 탄식(人魚の嘆き)」, 「마술사(魔術師)」, 「기혼자와 이혼자(既婚者と離婚者)」, 「시인의 이별(詩人のわかれ)」, 「이단자의 슬픔(異端者の悲しみ)」 등을 발표한다.

1918년(33세) 조선, 만주, 중국을 여행하고 「작은 왕국(小さな王国)」을 발표한다.

1919년(34세) 2월 아버지 병사하고 오다와라(小田原)로 이사하여 「어머니를 그리는 글(母を戀ふる記)」, 「소주 기행(蘇州紀行)」, 「친화이의 밤(秦淮の夜)」을 발표한다.

1920년(35세) 다이쇼가쓰에이(大正活映) 주식회사 각본 고문부에 취임하여, 「길 위에서(途上)」를 《개조(改造)》에 발표하고, 「교인(鮫人)」을 《중앙공론(中央公論)》에

격월로 연재하기 시작했다. 대화체 소설 「검열관 (檢閱官)」을 《다이쇼 일일 신문(大正日日新聞)》에 연재하였다.

1921년(36세) 3월 오다와라 사건(아내 지요를 사토 하루오에게 양 보하겠다는 말을 바꾸어 사토와 절교한 사건)을 일으 킨다. 「십오야 이야기(十五夜物語)」를 제국 극장, 유라쿠자(有楽座)에서 상연한다. 「불행한 어머니의 이야기(不幸な母の話)」, 「나(私)」, 「A와 B의 이야기 (AとBの話)」, 「노산 일기(盧山日記)」, 「태어난 집 (生れた家)」, 「어떤 조서의 일절(或る調書の一節)」 등을 발표한다.

1922년(37세) 희곡 「오쿠니와 고헤이(お國と五平)」를 《신소설(新 小説)》에 발표, 다음 달 제국 극장에서 연출한다.

1923년(38세) 9월 간토 대지진(關東大震災)이 발발하여, 10월 가 족 모두 교토로 이사하고, 12월 효고 현으로 이사한 다. 희곡 「사랑 없는 사람들(愛なき人々)」를 《개조》 에 발표한다. 「아베 마리아(アゞ·マリア)」, 「고깃 덩어리(肉塊)」, 「항구의 사람들(港の人々)」을 발표 한다.

1924년(39세) 카페 종업원 나오미를 자신의 아내로 삼고자 집착 하다가 차츰 파멸해 가는 인물의 이야기를 그린 탐 미주의의 대표작 『치인의 사랑(癡人の愛)』을 《오사 카 아사히 신문(大阪朝日新聞)》, 《여성(女性)》에 발 표한다.

1926년(41세) 1~2월 상하이를 여행하고, 「상하이 견문록(上海見

聞録)」,「상하이 교유기(上海交游記)」를 발표한다.

1927년(42세)   금융 공황. 수필「요설록(饒舌録)」을 연재하여, 아
            쿠타가와 류노스케(芥川龍之介)와 '소설의 줄거리
            (小説の筋)' 논쟁을 일으킨 직후, 아쿠타가와 류노
            스케가 자살한다.「일본의 클리픈 사건(日本におけ
            るクリツプン事件)」을 발표한다.

1928년(43세)   소노코에 의한 성명 미상 '선생'에 대한 고백록 형
            식의『만(卍)』을 발표한다.

1929년(44세)   세계 대공황. 아내 지요를 작가 와다 로쿠로에게 양
            보한다는 이야기가 나돌고, 그 사건을 바탕으로 애
            정 식은 부부의 이야기를 다룬『여뀌 먹는 벌레(蓼
            食ふ蟲)』를 연재하지만, 사토 하루오의 반대로 중
            단된다.

1930년(45세)   지요 부인과 이혼하고,「난국 이야기(亂菊物語)」를
            발표한다.

1931년(46세)   1월 요시가와 도미코(吉川丁未子)와 약혼하고, 3월
            지요의 호적을 정리한다. 4월 도미코와 결혼하고
            고야산에 들어가「요시노 구즈(吉野葛)」,「장님 이
            야기(盲目物語)」,『무주공 비화(武州公秘話)』를 발
            표한다.

1932년(47세)   12월 도미코 부인과 별거하며,「청춘 이야기(青春
            物語)」,「갈대 베기(蘆刈)」를 발표한다.

1933년(48세)   장님 샤미센 연주자 슌킨을 하인 사스케가 헌신적
            으로 섬기는 이야기 속에 마조히즘을 초월한 본질
            적 탐미주의를 그린『슌킨 이야기(春琴抄)』를 발표

한다.

1934년(49세) 3월 네즈 마쓰코(根津松子)와 동거를 시작하고, 10월 도미코 부인과 정식으로 이혼한다. 「여름 국화(夏菊)」를 연재하지만, 모델이 된 네즈 가의 항의로 중단된다. 평론 『문장 독본(文章読本)』을 발표하여 베스트셀러가 된다.

1935년(50세) 1월 마쓰코 부인과 결혼하고, 『겐지 이야기(源氏物語)』 현대어 번역 작업에 착수한다.

1938년(53세) 한신 대수해(阪神大水害)가 발생한다. 이때의 모습이 훗날 『세설(細雪)』에 반영된다. 『겐지 이야기』를 탈고한다.

1939년(54세) 『준이치로가 옮긴 겐지 이야기』가 간행되지만, 황실 관련 부분은 삭제된다.

1941년(56세) 태평양 전쟁 발발.

1943년(58세) 부인 마쓰코와 그 네 자매의 생활을 그린 대작 『세설』을 《중앙공론》에 연재하기 시작하지만, 군부에 의해 연재 중지된다. 이후 숨어서 계속 집필한다.

1944년(59세) 『세설』 상권을 사가판(私家版)으로 발행하고, 가족 모두 아타미 별장으로 피란한다.

1945년(60세) 오카야마 현으로 피란.

1947년(62세) 『세설』 상권과 중권을 발표, 마이니치 출판 문화상(毎日出版文化賞)을 수상한다.

1948년(63세) 『세설』 하권 완성.

1949년(64세) 고령의 다이나곤(大納言) 후지와라노 구니쓰네가 아름다운 아내를 젊은 사다이진(左大臣) 후지와라

노 도키히라에게 빼앗기는 역사적 사실을 제재로 한 『시게모토 소장의 어머니(少將滋幹の母)』를 발표한다.

1955년(70세) 『유년 시절(幼少時代)』을 발표한다.

1956년(71세) 초로의 부부가 자신들의 성생활을 일기에 기록하며 심리전을 펼치는 『열쇠(鍵)』를 발표한다.

1959년(74세) 주인공 다다스가 어머니에 대한 근친상간적 소망을 다룬 『꿈의 부교(夢の浮橋)』를 발표한다.

1961년(76세) 77세의 노인이 며느리를 탐닉하는 이야기를 다룬 『미친 노인의 일기(瘋癲老人日記)』를 발표한다.

1962년(77세) 『부엌 태평기(台所太平記)』 발표.

1963년(78세) 「세쓰고안 야화(雪後庵夜話)」 발표.

1964년(79세) 「속 세쓰고안 야화」 발표.

1965년(80세) 교토에서 각종 수필을 발표. 7월 30일 신부전과 심부전이 동시에 발병하여 사망한다.

옮긴이
박연정

고려대학교 일어일문학과 졸업, 같은 대학원에서 한일 비교 문학 박사 학위를 받았다. 현재 고려사이버대학교 실용어학부 교수로 재직 중이다. 옮긴 책으로는 『소년』, 『청춘 표류』, 『지의 정원』, 『굿바이』, 『1Q84 어떻게 읽을 것인가』, 『러시아 통신』, 『쇼와 16년 여름의 패전』, 『구칸쇼』, 『선진국 한국의 우울』 등이 있다.

일본 문학 번역반

김명희(유니트란스 재직) | 박성솔(프리랜서) | 박원희(자영업)
어경준(자영업) | 윤희정(롬인터내셔널 재직)
조현정(한국임산탄화물협회 재직)

슌킨 이야기

1판 1쇄 펴냄 2018년 8월 3일
1판 3쇄 펴냄 2022년 9월 28일

지은이 다니자키 준이치로
옮긴이 박연정
발행인 박근섭, 박상준
펴낸곳 (주)민음사

출판등록 1966. 5. 19. 제16-490호
서울시 강남구 도산대로 1길 62(신사동)
강남출판문화센터 5층 06027
대표전화 02-515-2000 팩시밀리 02-515-2007
www.minumsa.com

© 박연정, 2018. Printed in Seoul, Korea

ISBN 978 89 374 2941 5 04800
ISBN 978 89 374 2900 2 (세트)

* 잘못 만들어진 책은 구입처에서 교환해 드립니다.